— 書き下ろし長編官能小説 —

ゆうわく未亡人横町

庵乃音人

竹書房ラブロマン文庫

目次

※この作品は竹書房ラブロマン文庫のために
書き下ろされたものです。

第一章　横町の二大美女

1

「栗野《くりの》さん、お待たせ。着替えてくるわね」

「あ、はい」

色っぽい人妻に小声で耳打ちをされた。

栗野俊平《しゅんぺい》は、目の前に小顔を寄せられ、たまらず心臓を弾《はず》ませる。

甘い吐息とともにささやいたのは、山根《やまね》佐代子《さよこ》、三十二歳。この喫茶店にパートで勤める近所の人妻だ。

ようやく三十歳になったばかりの俊平にしてみたら、なんとも時代がかって見える喫茶店。

昭和の昔には純喫茶と呼ばれ、とても人気があったという。

「ありがとうございます」

店主の初老男性とも、すっかり顔なじみになっていた。

親しげな笑顔に送られ、真鍮製《しんちゅうせい》のドアベルを鳴らして外に出れば、昭和レトロな横町にはとっくに夜のとばりが降りていた。

肌を刺す大気の厳しさも、店に入った一時間前より確実に増している。俊平はコートの前をかきあわせ、天を仰《あお》いで息を吐いた。白い息が、冷たい風に乗ってすぐさまちりぢりになる。

それにしても、やっぱりここはおもしろい。

俊平はそう思った。

令和のこのご時世に、こんな横町があること自体が奇跡にも思える古い町並み。俊平が暮らす東京に、こんな横町はないはずだ。

ほろ酔い昭和横町。

それが、東京から特急電車で三時間とちょっと、中部地方某県のターミナル都市の一角にある、この横町の名前である。

昼間は昼間でとてもにぎわう。

だが闇が濃くなれば、昼とはまた別のにぎわいを見せた。

縁があった、ということなのだろう。気づけばこの土地に来て以来、俊平は足しげくここに通うようになり、わずか二か月ほどの間に、すっかりおなじみさんの一人になっていた。

俊平は、東京のＩＴ企業に勤務するサービスエンジニア。

二か月とちょっと前からウィークリーマンションを借り、この風光明媚《ふうこうめいび》な中部地方の城下町Ｑ市に長期で滞在をしていた。

会社から与えられたミッションは、顧客であるＱ市役所の人事管理システムの総入れ替え。本社のエンジニアはもちろん、この地を本拠とする下請けＩＴ企業のエンジニアなどまでひとつにたばね、プロジェクトリーダーとして陣頭指揮をとっていた。

そんな彼の仕事も、予定ではあと一か月ほどで終わる予定だ。

大きな山場はこれからだが、すでにこの地に来てから二か月も経っていることが、信じられない気もしている。

毎日、あわただしかった。

決して大袈裟《おおげさ》ではなく、マンションと市役所、下請け会社を行ったり来たりするだけで一日が終わる。

そしてつかの間、オフらしき時間が持てるときには、そのほとんどを俊平はこの横町で過ごしていた。

いろいろな意味で、心惹《ひ》かれた。

さまざまな店が軒を連ねるレトロなスポット。昭和の時代を生きた中高年からしたら、ちょっとしたテーマパークの趣《おもむき》さえあるらしき、時代から取りのこされたような一角だった。

横町はQ市の駅前から広がる繁華街の端にあった。

Q市随一の観光名所である××城からは離れた場所にあったが、よそから来る観光客たちはもちろん、地元の人たちにも愛されていた。

かつてこの地で栄え、現在は廃業をした大手酒蔵の古い建物と敷地を利用して、横町は作られたという。

そもそものオープンは、昭和五十年代。

決して広くはない土地に、さまざまな飲食店や土産物《みやげ》屋、雑貨店、中古レコード店、古本屋、小さな映画館など、昭和レトロ感あふれる多様なショップがぎっしりと軒を連ねていた。

横町は、俊平が長期宿泊中であるウィークリーマンションの近くにあった。

そんな理由から、食事や買い物、映画鑑賞、ひまつぶし。ちょっと一杯引っかけたいといった用途でくり返し訪ねる内、ここで商売を営む人々と縁ができるようになったというわけだ。

「ごめんね、栗野さん。わあ、今夜も冷える」

照明灯に浮かびあがる夜の町並みを見るともなく見ながら、俊平は首をちぢめて待っていた。

するとほどなく、私服に着替えた佐代子が、小走りに純喫茶から駆けでてくる。

（わあ）

そんな人妻の姿にチラッと目をやった。

俊平は心で悲鳴をあげる。

佐代子は白い歯をこぼし、満面の笑みで駆けよってきた。ざっくりとしたデザインのセーターに、ブルーデニム。厚手のコートを重ねている。コートの前は開いたままだ。セーターの胸の部分がダイナミックに盛りあがり、ユッサユッサと重たげに揺れている。

「寒いわね。ごめんごめん。行きましょ」

俊平がはじかれたように目をそらし、あらぬ方に視線を向けたことには気づいていないようだった。

佐代子は人なつっこい笑顔を惜しげもなく俊平に向け、白い息とともに言う。

俊平はうなずき、肩を並べて歩きだした。横町内は行きかう人々で、今夜もかなり混雑している。

老舗《しにせ》の大手酒蔵の施設を利用して作られた町の中には、大正時代や昭和のはじめに建てられたという母屋《おもや》や店蔵、精米蔵、釜屋などの時代がかった建物があった。

遊歩道は、それらのレトロな建造物を縫うようにしつらえられている。

二人はこれから一杯やりながら、食事をしようということになっていた。

(それにしても、おっぱい大きいなあ、佐代子さん)

他愛もない話をして笑いながら、俊平は佐代子と遊歩道を歩いた。

正面からではなく横から見ても、この人妻の乳房の迫力は、二度見、三度見必至の圧巻ぶりである。

おそらくGカップ、九十五センチ程度はあるだろう。

無防備なふりをしているが、ひょっとして自慢のおっぱいなのか。佐代子は姿勢のいい歩き方で、たわわなふくらみを堂々と見せつけてくる。

三十二歳の人妻は、柔和な癒やし系の笑顔と豊満な肉体が魅力だった。

人なつっこさを感じさせる笑みは、決して演技でもなんでもない。俊平がこの横町に通うようになって、一番最初に親しくなったのが佐代子だった。

古風な趣を感じさせる純喫茶に入って一休みしていた俊平に、向こうから声をかけてきた。

熟女ならではのセクシーな色っぽさと、話好きらしいフレンドリーな性格に気圧《けお》されながらも、気づけば俊平は昔からの知りあいのように、きやすく佐代子と会話をするようになっていった。

見るたび浮き立つ思いにさせられる、見事な巨乳の魅力にもあらがいきれなかったと言ってよいだろう。

男好きのする顔立ちをした佐代子は、笑うと両目が垂れ目がちになり、生来の愛くるしさに、なんとも言えない愛嬌《あいきょう》が加わった。

色白の小顔に艶《なま》めかしいウェーブのかかったヘアスタイルがよくあっている。ふわふわと波打つ栗色の髪の先は、肩のあたりで綿菓子を思わせる軽さをアピールして躍っていた。

全体的にムチムチと肉付きのよい女性だが、スタイルだって悪くない。

だが白いシャツにシックなブラックのパンツという喫茶店のユニフォーム姿に装う

と、やはりもっちり感が際立った。

チラチラと彼女のおっぱいを盗み見る男性客は自分だけではないことに、俊平は最初のころから気づいていた。

そんな佐代子のはちきれんばかりの肉感美は、こうした私服姿になってもやはり息づまるほどである。

もう何度も目にしているはずなのに、挑むように盛りあがる胸もとや、パツンパツンに肉を張りつめたデニムのヒップ、健康的以外のなにものでもない見事な太腿《ふともも》のボリュームを見るたび、俊平はそわそわと落ちつかない気分にさせられた。

もっともそんな内緒の感想は、決して言葉にも態度にも出しはしなかったが。

「空いてるかな。予約しておけばよかったわね」

肌を刺す冷気に首をすくめ、腕をさする仕草をしながら佐代子が微笑んだ。

「ですね。よく考えたら、先に行って席をとっておけばよかった」

俊平は佐代子に同意し、自分の気のきかなさを呪った。

しかし佐代子はかぶりをふる。

「そんな、そんな。空いてなかったら、横町を出ればいいだけの話だし」

「そ、そうですか」

こんな会話を交わしながら二人は歩き、しばらくして、めざす店の前まで来た。

かつては釜屋だったという建物の一階。その一角で営業をしている「小料理たえ」という店だ。

「こんばんはー」

陽気な声とともに佐代子が引き戸をすべらせると、店内からはまぶしい明かりと、おいしそうな煮物の香りが出迎えた。ホッとなる暖気もうれしい。

「いらっしゃいませ」

出迎えてくれたのは、それらだけではなかった。

鈴を転がすような声というのは、まさにこういう声を言うのだろう。うっとりと目を閉じ、聞き惚《ほ》れたくなるような声が俊平を幸せにさせる。

(多江《たえ》さん)

カウンターの奥。楚々とした笑みを見せる割烹着《かっぽうぎ》姿の女将《おかみ》に、俊平はたまらず胸を締めつけられた。

細川《ほそかわ》多江、三十六歳。

女の細腕で小料理屋を切り盛りするこの人は、横町二大美女の一人とたたえられる未亡人だ。

（落ちつけ、ばか）

多江に会釈をされ、うろたえそうになる自分を、意志の力で必至に制した。俊平は今夜もいつものように、紳士な自分を意識して、そつのない会釈で答える。

L字型のカウンターと、小さな小上がりがあるだけの小さな店。

カウンターには、脚の長い椅子が八つ。

畳敷きの小上がりにはふたつのテーブルが置かれていたが、間取りは手狭で、どうがんばっても五人はあがれまい。

そんな小規模な店である。

「よかった。まだ席が空いてて」

佐代子は目を線のようにして笑い、カウンターの向こうで忙しそうにしている多江に言った。

多江はそんな佐代子に無言の笑みで応える。

佐代子の動きは、いかにも常連客らしいてきぱきとしたもの。

脱いだコートをハンガーラックのハンガーにかけ、俊平のダウンジャケットもかけようとしてくれる。

俊平は恐縮し、あわててジャケットを脱いだ。店の中は暖房が効き、戸外の寒さとは一転して、まさに別世界である。

小上がりはすでに満席だった。

カウンター席も空いているのは二つだけ。あともう少し遅かったら入れなかった。

自分たちの幸運に、俊平はホッとする。

カウンター席でワイワイとやっているのは、観光客かと思われる若い男女の数人連れや、会社帰りのサラリーマンコンビといったところである。

ほかには――。

「こんばんは」

座ろうとした席の隣で飲んでいた女性客が、にこやかな笑みとともに会釈をした。

「あっ。ど、どうも。こんばんは」

相手が誰なのか気づいた俊平は、あわてて会釈を返す。

女性客は、俊平と佐代子が窮屈にならないようにと、自分の椅子をずらしてスペースを作った。

おそらく一人で飲んでいたはずだ。

「あら、ごめんね、美佳《みか》さん。大丈夫大丈夫。私そんなに太っていないし」

若い女性は、美佳と言った。美佳の好意に気づいた佐代子は恐縮しながら、いつものようにそう言っておどける。

「わ、分かってます。えっと、私、そういうつもりじゃ」

「冗談だって。あはは。ありがとう、美佳さん。相変わらずかわいいのね」

「そんな……」

あわてる美佳を、佐代子はからかった。

いや、からかうつもりはなく、心からの思いを言葉にしただけかも知れない。だが美佳は、ほんのりと赤くしていた顔をますます火照《ほて》らせる。

「多江さん、私はレモンサワー。栗野さんは？」

「あっ……それじゃ、俺は生中を」

「はい。ありがとうございます」

明るくオーダーする佐代子の声に、楚々とした多江の声が重なった。並んで座った俊平と佐代子は、二人しておしぼりで両手を拭《ぬぐ》う。

俊平は美佳の隣に座る形になった。

菅原《すがわら》美佳、二十六歳。

すらりとスレンダーで小柄な身体。あどけない顔立ちをしたこの人が、もう二十代後半だと知って俊平は少なからず驚いた。

もっとも、彼女が未亡人だと知ったときの驚きは、その比ではなかったが。

彼女こそは、横町で多江と人気を二分する二大美女のもう一人だった。

2

「美佳さんはいつ来たの。はい、かんぱーい」

一人で働く多江は、二人分の飲み物を手早く用意してくれた。

それぞれのジョッキを手にした俊平と佐代子は、並んで座る美佳とも軽くジョッキを打ちつけあった。

「まだ来たばかりです。ご飯を作る気力もなくなってしまって、多江さんに助けてもらおうと思ってきました」

美佳は恥ずかしそうに笑いながら佐代子に答え、飲んでいたビールの中ジョッキを傾けた。美佳と目のあった女将の多江は、柔和な笑みで彼女に応えている。

プルプルとしたサクランボを思わせるピンクの唇についた泡を、美佳は伸ばした小指で色っぽく拭った。すでにいくらか酔っているのか、くりっとした目もとがどちらも赤く染まっている。

「そうなのね。今日も忙しかったの、『蔵乃餡《くらのあん》』さん?」

話好きな佐代子はぐびぐびとレモンサワーを嚥下《えんげ》し、美佳に聞いた。俊平にも確認をして、手早くあれこれと多江にツマミの注文もしてくれる。

こういう気のききかたは、まさに人妻ならでは。いつものことながら、俊平は今夜も恐縮する。

こんな素敵な奥さんがいるというのに、どうしてこの人の夫は、よそに女なんか作っているのかと不思議な気分にもなった。

佐代子には、結婚して五年になるという夫がいた。

だが二つ年上だという夫が外で不貞を働いていることに、二年ほど前に佐代子は気づいた。

離婚の危機がそれ以来、二人に何度も訪れた。

愛なんて、とっくにないと佐代子はよく笑う。お金のために我慢しているだけよと、酔うたびいつも自虐的に、俊平に話していた。

「ええ、おかげさまで。テレビのおかげで、ここのところけっこうお客さんが」

我に返ると、美佳が佐代子の質問に答えている。おいしそうにつまみに箸《はし》を伸ばしながら、佐代子と会話を交わしている。

自分が間にいては話しにくいのではないかと気づいた俊平は、場所を変わろうかと佐代子にアイコンタクトをしたが、人妻はすぐにかぶりを振った。

「ああ、そうよね。やっぱりなんだかんだ言って、芸能人に宣伝してもらうとすごいものね。うわ、ありがとう、多江さん」

佐代子は美佳に応じつつ、多江が用意してくれたつまみを、両手を伸ばして受けとった。

明太チーズ揚げ春巻きと、牛すじ肉の味噌煮込み。頼んでもいないのに、佐代子は手慣れた動作で、俊平の分を取り分けてくれる。

美佳は、この横町に本店を出す和菓子店「蔵乃餡」の娘だった。跡取りには兄がいて、美佳は結婚と同時に一度は実家を離れたが、会社員だった夫が事故死して、一年前に町と店に戻ってきた。

現在はアパートでひとり暮らしを続けている。

実家に戻ってくれればと、仲よくしている兄たち夫婦からは誘われたようだったが、美佳は兄たちのじゃまになってはいけないと、自らアパートでの新生活を選択したという話である。

Q市随一ともいえる和菓子店「蔵乃餡」は、地元の人たちの間では、昔からここ一番の進物として利用されるなど、もともと人気の高い老舗だった。

だが一週間ほど前、東京のテレビ局が全国ネットのバラエティ番組で店の人気菓子を取りあげたことで、瞬間風速的に、さらに人気が沸騰していた。

俊平も、横町に顔を出すたび笑顔でせわしなく働く美佳の姿を見かけ、挨拶を交わしていたが、ここ一週間ほどは、声をかけるのもはばかられるほど「蔵乃餡」は大盛況の様子だった。

そんな美佳と佐代子は、この横町で知り合い、友人になったようだ。

佐代子が純喫茶でパートの仕事をするようになったのが三年前で、横町に通うようになってからほどなく懇意になったというから、美佳が結婚をする前からのつきあいである。

二人の歳の差は六歳。

だが、見た目や会話の雰囲気は、それ以上の年齢差を感じさせる。

かたや色気ムンムンの肉感的な熟女、もう一方は、未亡人どころか二十代後半であることすら信じられない、あどけない雰囲気を持った女性だからという理由が大きい。

スレンダーで小柄な美佳は、化粧も薄く、へたをしたら女子大生にすら間違われかねないイノセントな美女だった。

プライベートで身につけている服はいたって気取りのないカジュアルなもので、本人が意識しているわけではないだろうが、そうした装いも、生来のロリータな雰囲気をいっそう色濃いものにしている。

くりっと大きな瞳にぽってりと肉厚な、可愛い唇。

黒髪はショートで手脚が長く、細身。無駄な肉などどこにもない。

胸のふくらみもひかえめなもので、佐代子と一緒にいると、二人の魅力の違いはいやでも強調された。

また、佐代子が話し好きで立て板に水なら、美佳のほうはどこかはにかむ話しぶりで、話も決して流ちょうではない。

だがそんな美佳の真面目そうな人柄に、俊平は好感を持っていた。もっとも、真面目そうな人柄という意味では女将の多江も同じだが。

「多江さん、今日も煮こみ、おいしいわ」

早くもほんのりと美貌を紅潮させた佐代子は、牛すじ肉の味噌煮込みを賞賛した。片手に取り皿を、もう片方の手に箸を持ったまま、ほれぼれとしたような笑顔になってカウンターの向こうの多江に微笑む。

「あ……ありがとうございます。今日はちょっと甘みが強かったかなんて思っていたんですけど」

誉められた多江は、照れくさそうな笑顔になって佐代子を、つづいて俊平を見た。

(わあ)

目が合うや、俊平はまたしてもとくんと胸を打ち鳴らす。

不甲斐なくも、あわてて多江から視線をはずし、そんな情けない自分にため息が出そうになる。

そう。

実は俊平の本命は、小料理屋の女将である三十六歳の未亡人だった。

仲よくなった佐代子に連れられてはじめてこの店を訪ね、多江をひと目見たときの胸のときめきは、二か月近く経った今もいまだ鮮明なままである。

佐代子ほどではないまでも、三十代の女性らしいもっちりとした魅力を感じさせる和風の美女。

一重《ひとえ》の双眸《そうぼう》にすらりと通った鼻筋、ぽってりとした肉厚の朱唇。

烏《からす》の濡れ羽色をした髪を、いつもアップにまとめていた。後《おく》れ毛をもやつかせる白いうなじの色っぽさにまで、ひそかに俊平は浮きたっていた。

上品さを感じさせる着物に割烹着を合わせ、一心に働くその姿は、どこか古き良き時代の大和撫子《やまとなでしこ》をイメージさせる。

雛《ひな》人形を彷彿とさせる美貌と寡黙《かもく》な人柄、ムチムチと肉感的な肉体の淫力に、苦もなく俊平は虜《とりこ》にさせられた。

「大丈夫。って言うか、全然甘みなんて強すぎないわよ。ねえ、栗野さん」

多江と会話をする佐代子が、ごく自然に俊平にも話を振った。

「えっ。あ……え、ええ。全然」

俊平はあわててうんうんとうなずき、そんな自分の不自然な滑稽さに気づいて自己嫌悪にかられる。

多江とコミュニケーションをしようとすると、いつもこうだ。

話をする機会が増えれば少しずつでも変わるだろうと期待をしていたが、なかなか思ったようには変わってくれない。

いや、むしろ、多江と会えば会うごとに、ますます緊張感は高まり、よりぎくしゃくするようになってしまっている気もする。

年齢的には、もう大人の男もいいところ。

それなのに、本命の女性の前ではからきし意気地がないのは、子供のころとまったく変わらない。

「そうですか。それならいいんですけど」

俊平を見て、安堵したように多江が微笑んだ。すると――。

「ごちそうさまでした。お勘定、お願いします」

「あっ……はい、ありがとうございます」

観光客風の若者たちが多江を呼んだ。

女将は俊平たちとの会話を中断する。俊平はようやくホッとし、ホッとしている自分に気づいて、また心底情けなくなった。

背すじに汗が伝っているのは、店内の暖房が効きすぎているせいばかりではない。

ビールに濡れた唇を舐《な》めながら、俊平は一人の女性を思いだしていた。

会社の同僚だった、かつての恋人。

破局して、すでに一年になる。

彼女とも最初のころは、ぎくしゃくするばかりでうまくいかなかったが、ようやく自然に交際ができるまでになった。

いつかはこの人と結婚し、子供をもうけて老いていくのだろうと思いながら仕事に精を出した。

だからいきなり「別れてほしい」と言われ、地元で見合いをした男性のもとに嫁ぎたいと言われたときのショックは計り知れなかった。

――不安になるの、あなたといると。ちっとも強く、抱きしめてもらえている気がしなくて。

生涯をともにするのだと、勝手に思いこんでいた恋人は泣きじゃくりながら俊平に言った。

――さびしかった。つきあっている間中、ずっとずっと、さびしかった。ごめんね。でも女の気持ち、分かって……。

恋人はそう言って彼のもとを去り、会社を辞めて地元に戻った。

そんな出来事によってできた心の傷もようやく癒えてきたかに思えたが、結局のところあのころから、自分はまったく成長できていない気がする。

(きっと、片想いで終わるんだろうな)

客の若者とやりとりをしながら釣り銭を渡している憧れの多江を盗み見て、俊平はこっそりとため息をついた。

ぬるくなった生ビールをあおり、泡だらけの中ジョッキを空にする。

今夜も酔いが回り始めていた。

そして酔いが増せば増すほどに、目の前にいる多江は、まぶしいほどに色っぽさと輝きを増し、俊平をいっそうせつなくさせた。

(……俊平さん)

だが、俊平は知らなかった。

そんな自分のすぐそばで、甘酸っぱい思いとともに彼の名を呼ぶ美しい人がいることを。

(いいな、佐代子さん。俊平さんと仲がよくて)

美佳はなんでもないふりをしてジョッキを傾けながら、隣に座る俊平と佐代子を意識していた。

佐代子は今夜もいつものように、パート先の喫茶店で起きた出来事の数々を、面白おかしく俊平に語って聞かせている。

俊平はそんな佐代子の話にうなずき、何度も明るい笑い声を立てた。

(いいな、いいな)

一緒になって佐代子の話を聞いている顔を作りながら、美佳はせつなく胸を締めつけられた。

さりげなく、俊平の横顔を盗み見る。いわゆるしょうゆ顔の整った顔立ち。

美佳は衝《つ》きあげられるような思いに囚《とら》われる。どことなく、似ているのだ。突然失ってしまった、たいせつな夫と。

もちろんそんなことは、佐代子も多江も知らなかったけれど……。

3

まさかこんなことになるとは思わなかった。

そもそも生まれてから今日まで、ここまで酔ったこともない。

「平気、平気。でもなんか、世界がぐるぐる回っています。あははは」

「平気、栗野さん？　あはは」

佐代子と二人、上機嫌で夜道を歩く。

こんなことをしてよいのかという思いも、ないわけではない。

なぜなら仲よく歩くこの人は、仮にも人の妻である。

いくら酔ったからと言って、そんな人と手をつなぎ、陽気に笑いながら歩いてよいはずなどないではないか。

そんなふうに思いはするものの、すでにたががはずれている。

多江の小料理屋を手はじめに、最後はしゃれたバーで締めるまで、三軒ほどもはしごした。

地元の人間である佐代子の案内で方々歩いて回ったため、今歩いているのがどこなのか、とっくに分からなくなっている。

(なにをやっているんだか)

酔いに任せて佐代子と冗談を言い合って笑いながら、どこかで自分をなじっていた。ここまで酔った原因には、思い当たるフシがある。多江のことが気になるあまり、いつになく酒に逃げ、気づけば世界が回っていた。

「栗野さん、楽しい?」

そんな俊平の手をギュッと握り、これまたかなりおぼつかない声で佐代子が聞いてくる。

「楽しい、楽しい。佐代子さんのおかげだよ。あはは」

俊平は、そんな佐代子の白い細指をギュッと握りかえした。この人の手を握っていなければ、迷子になってしまうとでも訴えているかのように。

そもそも横町自体、繁華街のはずれにあったが、二件目の居酒屋も三軒目のバーも、さらに中心街から離れていた。

酔いで濁った目で見まわす世界は、間違いなく初めて見る風景。ここはもしかして、いかがわしいホテル街ではないだろうか。

「ひっく。佐代子さん、あれ、えっと……ここは？」

「うん、ここはね……ンフフ、ちょっと来て、栗野さん！」

「わたたっ」

佐代子は突然力をこめ、進む方角を変えて俊平を引っぱった。思いがけない力に足もとをもつれさせ、よろめきながら佐代子につづいた俊平は、一件のラブホテルのロビーに飛びこむ。

「あ、あれ。えっと、佐代──むんぅ……」

「栗野さん。んっんっ、アァン、栗野さん……」

（えっ……ええっ？）

……ちゅっちゅ。ピチャ、ぢゅる。

煌々《こうこう》と白い照明光のあふれるロビーには、二人の他に人影はなかった。しゃれた雰囲気ではあるものの、かなり狭いスペース。二人は壁にもたれるようにして互いの口を求め合う格好になっている。

「さ、佐代子さん……あの……むんぅ。んっんっ……」

「いいの、栗野さん。我に返らないで。いいの、今夜は酔っぱらったままで……」

「むああ……」

いくら酔っていても、完全に前後不覚になっているわけではない。

そもそも、手を繋《つな》いで歩いていることにだって、ちょっとした罪悪感を覚えていたぐらいである。

人妻と、ラブホテルのロビーでキスなどしていてよいわけがない。

突然の展開に俊平はおおいにとまどうが、とまどいながらもどういうわけか、今夜のキスは、しびれるほどに快《こころよ》い。

「佐代子さん……あの、こんなこと、しちゃ……んっんっ……」

「酔っちゃったんだし、いいじゃない。むんァァ、じつは今日こそ私、栗野さんを食べちゃおうって、最初から……んっ……」

……ちゅうちゅぱ、ピチャ。んぢゅ。

「えっ、ええっ？　おおお……」

「ンフフ、栗野さん、かわいい……いいじゃない、知りあってもう二か月にもなるんだし。きらいじゃないでしょ、こんなことするの。んっんっ……」

「そ、それは……んあ、あああ……」

うろたえる俊平に対して、積極果敢な佐代子。

キスは気持ちいいながらも、いやだめだ、やはりちょっと待てと理性にもさいなまれる。

俊平は佐代子の唇から口を放そうとした。

だが、三十二歳の人妻はそれを許さない。

「アン、だめ。我に返らないで……ほら、舌ちょうだい。んっんっ……」

「でも……んっんっ、佐代子さん、ああ……」

グイグイと朱唇を押しつけられ、さらには舌まで求められた。

理性と欲望の狭間《はざま》でうろたえつつも、度を超えたアルコールのせいで、やはりどうしてもブレーキが利かない。

「ハアン、栗野さん。そうよ、ああ、そう。んっんっ、いやン、アソコにキュンって来ちゃう……」

……ピチャピチャ。ちゅうちゅぱ。れぢゅちゅ。

「んおお、佐代子さん。ああ、こんな……こんな……おおお……」

ロビーでのただれたキスは、ベロチューへとエスカレートした。

二人して舌を飛びださせ、相手の舌へと擦りつければ、不穏なうずきが股間をキュンとさせる。

「あン、んっんっ……ねえ、栗野さん……」

「……えっ？」

「いいでしょ……酔っちゃったし、少し休んでいかない……？」

「ええっ……？　あああ……」

「ンフフ……」

佐代子はなおもベロチューの快楽に耽《ふけ》りつつ、手を伸ばして壁にかけられたパネルを操作する。

パネルには、各部屋の内部の様子が紹介された画像があり、部屋番号も表示されていた。

明かりのついている部屋は空室、消えているのは使用中ということだろう。ほとんどの部屋の明かりは消えており、残された部屋数はわずかだった。

佐代子は俊平とキスをしながら、手早くパネルを操作して、チェックインの作業をする。

こんなところでまで、この人の動きはてきぱきとしていた。

「ねえ、栗野さん、じつは……お願いがあるの……」

ようやくベロチューが一段落すると、色っぽく美貌を火照らせて、おねだり顔で佐代子は言う。恥ずかしそうにこちらを見る上目づかいの表情は、ゾクッと来るほどセクシーだ。

「は、はい……？」

官能的な人妻の姿に、たまらず背すじを鳥肌が駆けあがった。俊平は酔いのせいで足もとをふらつかせながら佐代子を見つめ返す。

すると、そんな俊平に佐代子は言った。

「ハメ撮りってあるじゃない」

「……えっ！」

「……」

俊平は驚いて目を見開いた。

そんな彼を見あげ、とろんととろけきった顔つきになっていやらしい美妻は言う。

「ハメ撮りしてほしいの。ああいうの、一度でいいからされてみたくって……」

(こんなことするの初めてだ)

4

すでに行為は始まっているというのに、俊平はなおもドキドキしていた。

別々にシャワーを浴び、俊平は全裸の腰にタオルを巻きつけたまま、大きなベッドに仰臥《ぎょうが》している。

足もとでは、白いバスタオルを裸身に巻いた佐代子が膝立ちになっていた。

「あぁン、ゾクゾクしちゃう……」

艶々《つやつや》とした頬を薄桃色に火照らせ、彼女は恍惚《こうこつ》の顔つきになった。昂揚《こうよう》した表情でチラチラと、部屋の一隅にある大画面の薄型テレビを気にしている。

そこには佐代子がアップで映しだされていた。

撮影しているのは俊平だ。

片手でかまえたスマートフォンの映像が、ミラーリングという技術で大型テレビに転送されている。

ネットでたまに見るＡＶ動画の一ジャンルとして人気の高いのが、素人のハメ撮り動画。

魅力的な女性が出ていれば、思わず俊平も見入ってしまったことがある。

卑猥な行為の一部始終を、セックスをしている当事者がそのまま撮影する動画には、プロが作りこんだ映像とは別種の生々しさがあった。

だがまさか、自分がその行為をすることになるなんて、夢にも思わない。

「もうだめ、我慢できない。ハァァン……」

大画面に映る自分の姿にも、劣情をあおられた様子である。白いバスタオルを裸身に巻きつけた人妻は耐えかねたように尻を振り、俊平の股間に巻きついたバスタオルに両手を伸ばす。

……はらり。

「くぅ……佐代子さん……」

「――っ！　はぁァン、いやらしい。すごいわ、栗野さん……」

俊平を丸裸にした佐代子は、彼の股間に視線を向けるや、たまらず両目を見開いた。

思いがけない眺めにますます発情したように、艶めかしく身をよじる。

タオルの下から露《あら》わになった俊平のペニス。だいたいの女性が、それを目にすると同じような反応を見せた。

自慢ではないが、平均サイズより大きめなのだ。ガチンガチンに勃起をすれば、軽く十六センチほどになる。

今のように八分勃《だ》ち程度でも、雄々しさとまがまがしさは余人をもって代えがたかった。

特にこれといって誇るもののない俊平にとっては、胸を張るべき特徴の最右翼かも知れない。

もっとも、そんなものが最右翼であっていいのかという問題はあったが。

「栗野さんってば、かわいい顔をしてここはこんなに……」

しかし佐代子は悦《よろこ》んでくれた。

俊平に脚を開かせ、股間に陣どる。顔つきが、さらに淫らなものになった。

「あっ、佐代子さん」

「いやらしいわ。アン、いやらしい。んっ……」

……チュッ。

「うおお……」

佐代子は潤んだ瞳を輝かせ、頬も一段と紅潮させた。俊平の八分勃ちペニスを白魚《しらうお》の指に取るや、挨拶代わりのようにキスをする。

さらには——。

「ハァアン、栗野さん……ねえ、もっと大きくなって。ああ、いやらしいおち×ぽ」

……ピチャピチャ。れろん。

「おおお、佐代子さん……」

「映して。全部映して。んっんっ……」

「うわあ……」

ローズピンクの舌を突きだした佐代子は、男根への舌奉仕を本格化させた。

上へ下へと棹《さお》の部分をしごきながら、ふくらみかけていた鈴口をアイスクリームでも舐めるかのように舐めしゃぶる。

（き、気持ちいい。あっ、て言うか……）

久しぶりに、女性に亀頭を舐められた。忘れかけていた快楽が生々しさいっぱいに、ペニスの先によみがえる。

ざらつく舌はネバネバと、ほどよいぬめりも帯びていた。

そんな舌先で亀頭をえぐられ、ねろん、ねろんと舐められるたび、甘酸っぱさいっぱいの電撃がはじける。

だが、とろけるような快さにひたってばかりもいられない。俊平は弛緩《しかん》しそうな我が身に気合いを入れ、佐代子の顔にスマホを近づける。

(うわあ)

すると薄型テレビの大画面に、肉幹に舌を這わせる熟妻の美貌がアップになった。

(こいつはすごい)

佐代子の顔を撮ろうとするため、若干窮屈な体勢になっていた。だが、テレビに映しだされる映像をまのあたりにすると、多少の無理も苦ではなくなる。

大画面に映る佐代子の横顔と、唾液まみれのペニスの組みあわせは妙に生々しかった。下手をしたら、目の前で肉棒を舐めてくれている生の佐代子より、画面の中の彼女の方が、よけい生々しい感じがする。

「あぁン、映ってる……ち×ちん舐めてる私が……あんなに大きく映ってる。んっんっ、むはぁぁ……」

「くうぅ、気持ちいい、佐代子さん。あああ……」

男根に感じる快感に恍惚としながら、俊平はなおも佐代子を撮影した。

色っぽく頰を火照らせた人妻は、せっかくの美貌が崩れてしまうのもいとわず、思いきり舌を飛びださせている。

ローズピンクの舌は意外に長く、先に向かえば向かうほど先細り感が増していた。

舌の先っぽは、まるみを帯びた三角状をしている。

そんな舌がエロチックにクネクネとくねり、唾液に濡れた俊平の亀頭や棹をピチャピチャ、ねろねろと夢中になって舐めている。

(た、たまらない！)

「ハアア、大きくなってきた……ああ、テレビの中のち×ちんも……いやン、いやらしい……すごいわ、すごい……んっはあぁぁ……」

「あああ……」

二人は淫らな行為に溺れながら、テレビの中の自分たちにも興味を引かれていた。

女性に舐められた自分のペニスが、ムクムクと大きくなっていく様子を見るのは、もしかしたら初めてかもしれない。

ただでさえ大きくグロテスクな肉棒がさらに膨張し、ミチミチと肉皮を突っぱらせていく。

たとえるなら、フル勃起の時を迎えた俊平の肉棒は、たった今、土から掘りだしたばかりのサツマイモのよう。

土臭さあふれるゴツゴツと無骨な造形で、赤だの青だのの血管が、競いあうように棹から盛りあがっている。

いつしか亀頭も肉傘を開き、凶悪そうな面構《つらがま》えになっていた。暗紫色をした表面を唾液でてからせながら尿口をひくつかせ、ニジュッ、ニジュッと粘つく音を立てる。

そんなペニスを人妻は、なおも興奮した顔でペロペロと舐め、ついには――。

「はむうぅ、ああン、おっきい……」

「うわあ……」

大画面いっぱいに、とうとう勃起を口中に呑みこんだ佐代子の姿が映しだされた。頬ばるにはいささか難のある巨大な肉塊。それを丸呑みした熟れ妻は、両目を白黒させている。

しかしそれでも髪をかき上げ、上へ下へとリズミカルに顔を振る。

……ぢゅぽぢゅぽ。ピチャピチャ。ぢゅぽ。

「くうぅ、佐代子さん。気持ちいい」

「んっんっ。はぁあん、おっきい……く、口の中でおち×ぽが、いっぱいいっぱいビクビクいって……ンッハアァ……」

ぢゅぽぢゅぽと汁気たっぷりの粘着音を立て、佐代子は口の全部を使って俊平の怒張をフェラチオした。

部屋のテレビ画面に映しだされているのは、世にも卑猥でセクシーな啄木鳥《きつつき》。しゃくる動きで小顔を振る。尻上がりに汁音を高まらせ、俊平のペニスをしゃぶり抜く。

……ピチャピチャピチャ！　ぢゅぽぢゅぽぢゅぽ！

「ああ、いやらしい……」

「はぁはぁ……ンフフ。感じて。いっぱい感じて。んっんっ……」

「わわわっ」

しかも佐代子は、ふたたび舌まで使いはじめた。

すぼめた唇の輪でムギュムギュと棹をしごきながら、繰りだす舌でめったやたらに亀頭を舐めまわす。

その淫戯の巧みさは、まさに人妻ならではだ。

男のツボをつく絶妙な舌使いで亀頭を舐めまわされ、猛《たけ》る肉幹をしごかれて、いやでも官能のボルテージが上がる。

……ドロリ。

たまらず尿口から先走り汁があふれた。

「おお、佐代子さん。ああ、どうしよう。俺……こんなことをされたらもう……もうーー」

「あっ……」

股間から湧きあがる快感と、テレビ画面からもたらされる視覚的刺激に、ついに俊平は獣《けもの》になった。

上体を起こし、吸いつく人妻をペニスから放す。

……ちゅぽん。

「アッハアァン……」

淫靡《いんび》な音を立て、肉棒と熟女の口が離れた。

軽くとんと身体を押すと、佐代子は鼻にかかった声をあげ、苦もなくベッドに背中から倒れる。

「はぁはぁ……」

俊平は手を伸ばし、佐代子の身体から白いバスタオルをむしりとる。

——ブルルルルンッ!

「うおおお、すごい」

「あン、いやあ……栗野さんのエッチぃン……」

バスタオルの中から飛びだしたのは、息づまるほどのムチムチ感をたたえた熟れ熟れの裸身。

色白な肌が湯上がりと興奮のせいで薄桃色に火照り、肉感的な官能美を五割増しに見せている。

（やっぱりすごい身体だ）

露わになった裸身に、スマホを向けるのも忘れて俊平は唾《つば》を飲んだ。

どこもかしこもやわらかそうな、この年代の女性ならではの熟れごろ感がたまらない。しかしなんと言っても視線とハートを鷲《わし》づかみにさせられるのは、胸もとからたわわに盛りあがる二つのふくらみだ。

Gカップ、九十五センチはあるだろうという見立てに間違いはなかった。

小玉スイカさながらの、ダイナミックなこんもり具合。

爆乳と言ってもよい見事なおっぱいが競いあうかのようにして、どちらも重たげに揺れている。

いただきを彩《いろど》る乳輪は、少し濃い目の鳶《とび》色だ。

乳輪はさして大きくない。だが乳首の方は大ぶりで、二つともすでにビンビンに勃起して硬くなっている。

（それに。あああ……）

そわそわと落ちつかない気持ちにさせられながら、俊平は視線を転じて佐代子の股のつけ根を見た。

「あン、だめぇ……」

「隠さないで」

「ハアァン……」

俊平の視線を意識した佐代子は、あわてて太腿を閉じ、身をよじろうとする。

しかし俊平は許さない。

スマホを放り投げて佐代子の両脚をつかむと、容赦ない荒々しさで、ガバッと左右に割り広げた。

5

「ああン、いやあ……」

「おおお、佐代子さん。エロいオマ×コ！」

眼下に現出したのは、両脚をガニ股開きにさせられ、いやいやとかぶりを振る人妻の裸身。

佐代子は恥じらいながらも、興奮した顔をしている。俊平は息をすることすら忘れ、露わになった熟女の股間に熱視線をそそいだ。

ふっくらとした秘丘は、内側にジューシーな脂肪の存在を感じさせた。

ひかえめな感じで生えるのは、淡くはかなげな黒い陰毛。

人工的に手入れをしているのではないかと思うほど、一箇所だけに黒々とまとまって生えている。

そんな恥毛のすぐ下に、縦に裂けた牝《めす》のワレメがあった。ワレメはすでに淫らに開き、肉厚の扉を広げている。

(なんていやらしい)

先ほど言葉にした淫らな感慨を、俊平はもう一度脳裏で思った。

ここまでの流れを思えば当然かも知れないが、佐代子のそこはすでにねっとりと猥《わい》褻《せつ》なぬめりに満ち、粘膜を露出させている。

ヌメヌメとした膣《ちつ》粘膜は、舌と同じローズピンク。あだっぽい隆起を見せつける粘膜をコーティングする愛液は、ねっとりとした蜂蜜の重みを感じさせ、匂いまでもが甘ったるい。

ぽってりと肉厚な唇を縦にしたかのような女陰は、絶え間ないひくつきで俊平をそそった。

肉厚のビラビラがべろんとめくれ返る光景は、まるで夜露《よつゆ》に濡れた百合《ゆり》の花でも見ているかのよう。

膣奥へとつづく穴が開口と収縮をくり返し、そのたび愛蜜をププッ、ププッと飛びださせる様もいやらしい。

「挿《い》れて、栗野さん」

男の本能で、ぬめる淫肉にふるいつきたくなった。

しかし佐代子は、早くも挿入を求めてくる。

「佐代子さん」

「挿れて。お願い。もう我慢できないンン」

言葉尻を跳ねあがらせてそう言うと、佐代子は身体を裏返し、四つんばいになった。

(おおおおっ！)

ググッと尻を突きだされ、たまらず俊平はのけぞりかける。

ミチミチと皮を張りつめた豊艶ヒップはド迫力の一語。

甘く実った水蜜桃《すいみつとう》を思わせる官能的な丸みを惜しげもなく見せつけ、俊平に向かって挑むように迫る。

尻渓谷の谷間では、鳶色のアヌスがあえぐようにひくついていた。

蟻《あり》の門渡《とわた》り越しに見える淫華からは、たまりかねた愛液が、よだれのように伸びて揺れた。

「ぬうぅ、佐代子さん」

こんな眺めを見せつけられ、浮きたたなかったら男ではない。いつにない酔いも手伝って、俊平は燃えあがるような肉欲の化身へと変貌していく。

「い、挿れて。恥ずかしいことといっぱいして。さびしいの。私毎日、さびしくて」

「佐代子さん」

「ねえ、おねが――」

「うおおおおっ！」

――ヌプッ！

「うあああ」

もしかしたら佐代子も、いくぶん驚いたかも知れない。それほどまでに、合体を求めた俊平の動きは性急で、しかも獰猛《どうもう》だった。

「ハァァァ、く、栗野さん」

佐代子の背後で位置をととのえ、反りかえるペニスの角度を変えた。一気呵成に半分ほど、問答無用の猛々しさでぬめるワレメに突きさせば、熟女は背すじを艶めかしくたわめ、鼻にかかった声をあげる。

「おおお、佐代子さん。佐代子さん、佐代子さん」

――ヌププッ！

「ああああ」

――ヌプッ！　ヌプヌプヌプヌプッ！

「あああ。ああああああ」

俊平は腰を前に進め、少し激しめに、男根を膣奥へとねじりこんだ。奥へ、奥へと灼熱《しゃくねつ》の肉柱を埋めるたび、佐代子はあられもない声をうわずらせる。

（うう、温かい。それに……せ、狭い！）

俊平は根もとまで男根を膣に埋め、両手でヒップを鷲づかみにした。

佐代子の尻はじっとりと淫靡な湿りを帯びている。ペニスに感じる得も言われぬ感覚に恍惚とし、俊平は思わず天をあおいだ。

人妻の胎路は奥の奥までとろとろにぬめっている。あだっぽい潤みとともにほどよいぬくみで、俊平をたまらなくいい気分にさせた。

しかも牝肉のもてなしには、信じられないほどの狭隘《きょうあい》さというおまけまでついている。波打つ動きで蠕動《ぜんどう》し、俊平の肉棒を根もとから先っぽまで、いやらしく何度も甘締めしては解放した。

(ああ、気持ちいい)

俊平は今にも暴発しそうになり、あわてて肛門をすぼめた。ふたたびスマホを拾いあげ、性器の交合部分にカメラを向けながら――。

「そら。そらそらそら」

……バツン、バツン。

「うあああ。あああああ」

いよいよカクカクと腰をしゃくり、膣肉に亀頭を擦りつける。

肉皮を突っぱらせてまん丸になった牝穴を行ったり来たりする極太の光景が、テレビの画面に大写しになる。

とろみを帯びた愛液のせいで、どす黒い肉幹はヌチョヌチョだった。ところどころに白濁した蜜を付着させ、行っては戻り、突きさしては抜きをくり返す。

「ああン、栗野さん。いヤン、とろけちゃう。アッハアアァ」

(たまらない)

甘酸っぱい快美感が怒張から広がり、俊平は奥歯を噛《か》みしめた。

こみあげる爆発衝動をこらえようとするが、艶めかしい佐代子のよがり声が媚薬のように、俊平の興奮をいやでも高める。

「んっあああ。ああ、見える。私のオマ×コで栗野さんのち×ちんが……ああ、出たり入ったりしてる。いやらしい。いやらしいィンン。うあああ」

獣の体位で前へ後ろへと揺さぶられながら、佐代子の視線はやはりテレビ画面へと向けられた。

本来なら目にすることなどかなわないエロチックな光景。

自らの肉穴をゴリゴリとかき回す巨根の眺めに恍惚として、佐代子はシーツをかきむしる。そのたび膣肉が蠢動《しゅんどう》し、いきり勃つ極太をムギュムギュと甘えるように締めつける。

(おおお……)

「あああ。ち×ちん動いてる。おっきい。おっきい。奥までいっぱい届いてる。うああ。あああああ」

生殖でしか味わえない、後ろめたいけれどとてつもなく刺激的な快さ。佐代子は我を忘れ、波打つ髪を振り乱して、テレビの方を何度も見る。

(もっと興奮させてあげる)

そんな人妻の好色な反応に、俊平も昂《たか》ぶった。

ジェントルマンな自分など、とっくにかなぐり捨てている。両足を踏んばって上手にバランスを取り、前へ後ろへと腰を振った。スマホのカメラを動かして、テレビに佐代子の肛門がバッチリと映るようにする。

「あはあぁ。いやン、いやン、ああ、お尻の穴なんて映さな――ああああぁ」

「はぁはぁ。佐代子さん。佐代子さん。はぁはぁはぁ」

恥じらって訴える佐代子の言葉は、途中から淫らなあえぎに変わった。

「おおおう。おおおおおう」

目の前のシーツに顔を埋め、こみあげる悦びをくぐもった声で伝える。しかしまたしても顔をあげ、淫らに潤む両目を見開き、テレビの画面を注視する。

「おおおう。ああ、そんな。そんなそんなおおおおお」

(これはエロいな)

自分でしておきながら、俊平は背すじに鳥肌を立てた。

大画面に映しだされているのは、佐代子の大きな尻と谷間の眺め。

そしてその最奥部――ひくつく肛門をほじほじと指でいやらしくほじくり返す、俊平の浅黒い指である。

「おおお。おおおお。ああ。そんな。そんなことされたらおおおおお。おおおおお」

「はぁはぁ……佐代子さん、ほじほじ気持ちいい？　肛門ほじほじ気持ちいい？」

「……ほじほじ。ほじほじほじ。

「おおお。おおおおお」

ぬめる膣ヒダに肉傘を擦りつけつつ、同時に指でアヌスを責めた。佐代子の肛門は、じっとりと艶めかしい湿りを帯びている。

そんなアヌスが指であやされ、息苦しげに何度もヒクヒクと開閉しては、俊平の指先をキュッと締める。

「おおお。ああ、お尻の穴、ほじられてる。いやン、いやらしい。すごくいやらしい。ああ、お尻の穴ほじほじされちゃってるンンン。ああああ」

佐代子はあられもない声をあげ、プリプリと尻を左右に振った。

演技ではなく本当に感じていることは、膣のぬめりが一段とすごい状態になったことが雄弁に物語っていた。

「佐代子さん、ほじほじ気持ちいい？　そらそらそら」

俊平は、いやらしく悶える美熟の人妻に、息づまるほどの痴情をおぼえた。

尻の谷間にさらにスマホを近づけ、品のない眺めをアップで映しつつ、さらにほじほじと肛肉をほじる。

「おおお。おおおおお」

映像はじつにクリアである。佐代子の肛肉は放射状に伸びる皺々《しわしわ》の凹凸《おうとつ》まで、生々しく映される。

俊平が指であやすたび、鳶色をしたアヌスの中心が、開いたり閉じたりをせわしなくくり返す。

「佐代子さん、気持ちいい？　ねえ、ほじほじ気持ちいい？」

「おおおおお。おおおおお」

「佐代子さん」

「き、気持ちいい。ほじほじ気持ちいい。肛門ほじほじ気持ちいいの。おおおおお」

たび重なる俊平の求めに、佐代子はまたも呼応した。

引きつったような金切り声をあげ、なおもシーツをガリガリとやりながら、秘肛をほじられて感じる自分に、誰はばかることなく酔いしれる。

「おお、佐代子さん」

「だめ。もうイッちゃう。私もうイクゥンンン」

「くうぅ、待って。俺も……俺もいっしょにイクよッ！」

「ひはっ」

――パンパンパン！　パンパンパンパンパン！

「おおおお。おおおおおおおっ」

いよいよ俊平のピストンは、クライマックスの狂おしさを加えた。

四つんばいになる美妻の身体の下に、すっとスマホを差し入れる。

そうしながらまたしても両手でヒップをつかみ、まさに怒濤《どとう》の勢いで、亀頭を膣奥にえぐりこむ。

俊平の股間が熟女の尻肉を打つ、迫真の音が尻上がりに高まる。

「おおお。おおおお。気持ちいい。気持ちいい、気持ちいい。ああ、いやらしい。おっぱいあんなに揺れてるウゥゥゥ」

激しい突きで前後に裸身を揺さぶられつつ、佐代子はテレビ画面の光景にも狂乱する。

映しだされているのは、四つんばいの佐代子を真下からとらえた映像。

ぶらりと垂れ伸びたGカップ乳が、俊平に突かれるたびにたゆんたゆんと派手に揺れ、虚空にジグザグのラインを描いた。

腹の肉が前後に揺れながら、ふくらんだり引っこんだりをくり返す。

(ああ、いやらしい！)

扇情的な映像に興奮してしまうのは俊平も同じだ。

本来であれば見ることもできない映像に触れながら、女性とアクメに向かうことがこれほどの快楽を伴うものだったとは。

（も、もうだめだ）

どんなにアヌスをすぼめても、吐精の誘惑にあらがえなかった。ひと差しごと、ひと抜きごとに射精衝動が高まって、耳鳴りの音が高まってくる。

「ヒィイン。気持ちいい。でももうだめ。我慢できないの。イッちゃう。イッちゃうンンン。ああああぁ」

「おお、佐代子さん。俺もイクッ。うおおおおっ！」

「おおおおっ。おっおおおおおっ‼」

――どぴゅどぴゅどぴゅ！　びゅるる！　ぶぴぶぴぶぴぴ！

（ああ……）

ついに俊平は、恍惚の頂点に突きぬけた。意識を白濁させ、ロケット花火さながらに天高く打ち出された心地になる。

……ドクン、ドクン。

臨界点を超えた陰茎が、雄々しい音を立てて脈動した。そのたび大量の精液が陰嚢《いんのう》から撃ちだされ、膣奥深くに飛び散っていく。

　ザーメンが子宮をたたく、ビチャビチャという湿った音さえ聞こえたような気がした。

（気持ちいい）

　ずいぶん久しぶりに、膣の中に精を吐いた。ほんのつかの間、かつての恋人の顔が脳裏をよぎったが、すぐにかすんでどこかに消えた。

「あぁン、すごい……いっぱい、来てる……アソコに、栗野さんの、温かい、精液、あっ……はあぁぁ……」

「あっ……さ、佐代子さん」

　自分のことに夢中になり、佐代子への注意がおろそかになった。艶めかしい声に気づいて我に返り、あわてて熟女に視線を向ける。

（あああ……）

　もはや佐代子は、テレビを目にする余裕すらなかった。

　ぐったりと、上半身をベッドに突っ伏している。それでも尻だけが、高々と突きあげられていた。

　ドロドロと愛蜜をあふれさせる肉穴には、根もとまで男根がずっぽりと埋まって、まだなお精を吐いている。

陰茎が脈動するたび、胴回りがさらに太さを増した。

それにあわせて肉皮を突っぱらせた膣穴が、さらにミチミチと限界まで穴を大きく広げる。

今にも皮が裂けてしまうのではないかと思うほど。

（よ、よかったのかな……）

今ごろになって、俊平は中出しなどしてもよかったのだろうかと心配になった。

だが佐代子はうっとりと満足しきった顔をして、瞼《まぶた》を閉じ、ビクビクと裸身をふるわせた。

第二章　甘える女肌

1

数日後。

相変わらず寒くはあるものの、快晴の休日だった。まだ硬い午前中の日差しが、空からさんさんと降りそそぐ。

「いらっしゃいませ。あ……」

「ど、どうも」

自動ドアを開けて店内に入ると、その人は驚いたように目を見開いた。

菅原美佳である。

かつては精米蔵だったというレトロな建物で営業をする、この街一番の老舗和菓子店「蔵乃餡」。テレビで紹介されて以来、これまでに輪をかけて大混雑となった店は、今日も買い物客で混雑していた。

美佳は自慢の和菓子が並ぶ大きなショーケースの向こうから会釈をした。ほかにも数人のスタッフがいたが、俊平は緊張しながら美佳に近づく。

店の中では、センスよくディスプレイされた和菓子類が、いくつかのコーナーに分かれて売られていた。

どら焼き、饅頭、草餅、おはぎ、あんみつ、ゼリー、ケーキも少々。空腹のときに迷いこんだら、よだれが出ること間違いなしの銘菓ぞろいだ。

「その、先日はどうも」

俊平は美佳に挨拶をする。

多江の小料理屋で席を並べて飲んで以来だった。気恥ずかしさがつのりながら、彼は恐縮して頭をかく。

「俺、けっこう酔っぱらってしまって。ご迷惑じゃなかったですか」

「えっ。そんな。そんな、そんな」

すると美佳もまた、いくぶん緊張しているのだろうか。大きな瞳をさらに見開き、可憐な美貌を引きつらせて、目の前でブンブンと片手を振る。

清潔感あふれる白いシャツに小豆色《あずき》のエプロン。ユニフォームのパンツは上品な黒色だ。

頭にはしゃれたデザインの衛生帽をかぶり、惜しげもなく可憐なオーラを振りまいていた。

「迷惑だなんて、全然そんなこと。佐代子さんとみんなでワイワイできて楽しかったです」

美佳は笑顔をこわばらせながらも、白い歯をこぼして言った。

「そうですか。そう言っていただけると」

俊平は何度も頭を下げ、自責の極みにいることを顔つきで伝える。

美佳の言葉は、どこまで社交辞令か分からない。小料理屋にいた最後の方の記憶が怪しいのだから、やはり俊平は不安になった。

だが、決定的な非礼は働いていなかったようだと、いくらかホッとする。もしもなにかしでかしていたなら、美佳の態度ももう少し違っているはずだ。

「あ。それで、なんですけど」

相手は仕事中なのだから、無駄話はできなかった。

俊平は本題に入ろうとする。

無沙汰をしている知人への贈りものが必要だった。どうしたものかと思案した末、俊平は、ここ「蔵乃餡」を頼ったのだった。

「分かりました。お任せください」

相談を持ちかけると、美佳は可愛い笑顔を見せ、軽く自分の胸に触れた。

そんななんでもないしぐさが、素敵である。横町二大美女と客たちに褒めそやされるのも無理はないと俊平は思った。

俊平は美佳とやりとりをし、彼女のお勧めを聞いたりしながら、その場で商品のチョイスをし、宅配便の手配まですませた。

仕事だから当たりまえと言ってしまえばそれまでだが、美佳はてきぱきとそつのない仕事ぶりで、俊平の相談に応えてくれた。

「でも、まさかこんな展開になるとはな……」

俊平がボソボソとつぶやきながら、ふたたび横町を訪ねたのはその日の夕刻のことである。

ウィークリーマンションに戻って溜まっていた雑務を片づけた彼は、夜の明かりに誘われるように、またしてもふらりと戻ってきたのだった。

めざすは多江の小料理屋だ。

どうしても女将の顔をひと目見たくなった俊平は、今夜は一人で多江を訪ねることにした。

もちろん、長居を決めこむつもりはない。

今夜はまだ、やらなければならないことがあった。小料理屋で腹ごしらえをしたら、俊平は美佳のアパートを訪ねることになっていた。

——新しいハードディスクレコーダーを買ったんですけど、うまくセッティングできなくて。俊平さんって、そういうことお上手じゃないですか。

今日の午後、休憩時間に電話をしてきた美佳は、俊平にそう相談をした。

午前中「蔵乃餡」を訪ねた俊平は、私もちょっと相談がと美佳に言われ、電話番号を交換したのだった。

そして電話をかけてきた美佳は、そう相談してきたのである。はっきり言って、その程度のことならお安いご用だった。俊平は二つ返事で快諾した。

すると美佳は、想像以上の喜びかたをしてくれた。

そんな次第で、今夜はもう一仕事しなければならないのだった。だがその前にということで、俊平はいそいそと横町に舞い戻ってきたのである。

東京にいたころは「俺の人生、このまま行ってほんとにいいのかなあ」などとぼんやりと悩みながら、慌ただしい日々を送っていた。

だが、慌ただしいことはこの地に来てからも変わらなかったが、いつの間にか東京にいたときのように悩むことはなくなっていた。

ただ忙しいだけでなく、毎日があのころより楽しかった。

それもこれも、つまるところ多江のおかげかも知れないと、俊平はひそかに思っていた。

「いらっしゃ……あ、いらっしゃいませ」

引き戸をすべらせて店に顔を出すと、今夜もまた、鈴を転がすような未亡人の声が出迎えた。

いつものように暖房が効き、煮込みのいい匂いが食欲を刺激する。

開店早々の店内には、まだ客はいなかった。

入ってきたのが俊平だと分かった女将はたおやかな笑みで彼を見つめ、照れくさそうに視線をそらす。

この人は、いつもそうだった。

作る料理はどれも絶品。非の打ちどころのない旨《うま》さだし、真面目で柔和な人柄にも好感が持てたが、社交能力は決して高くない。

いつでもどこかに気詰まりそうな雰囲気を感じさせながら、すべての客と対している。

（すべての客、でいいんだよな）

まさか相手が自分だから気詰まりな態度に出ているのではないよなと、いささか心配になった。

だが記憶の中の多江は、決して人によって態度を変えたりしていない。

やはり自分だけがこんな態度を取られているわけではないのだと思い直し、俊平は一人、安堵の吐息をこぼす。

「女将さん、すみません。丼物的なもの、作っていただくことできますか」

カウンターに近づくと、俊平は多江と話をしやすい席に腰を下ろした。

「丼物ですか」

意外そうに、多江はオウム返しで言う。動きを止めて目を見張り、理由を聞きたげに俊平を見る。

今夜もまた黒髪をアップにまとめ、卵形の小顔とうなじをしっかりと露出していた。

雛人形を思わせる和風の顔立ちは、今日もため息が出るほど美しい。

こんなに着物や割烹着が似合う三十六歳も、そうはいないのではないかと俊平は感心する。

半開きにした肉厚の唇も、いつもと変わらないセクシーさだった。

思わずふるいつきたくなるようなエロスを感じ、俊平は頭の中で、いかんいかんとかぶりを振った。

2

「じ、じつはちょっと、まだ出かけなくちゃならなくて。その前に腹ごしらえをと」

浮きたつ内心はおくびにも出さず、俊平は多江に説明した。

「そうなんですか」

ようやく納得したというように、多江はうなずく。

眉をひそめ、何がいいだろうと考えるような顔つきになったかと思うと、

「そうですね……今日はおいしいマグロがありますので、マグロを中心にした海鮮丼か、あとは……あじや牡蠣《かき》をフライにしてお出しすることもできます。でもそれだと定食になってしまうかしら」

小首をかしげて俊平を見る。

「旨そうですね。それじゃフライでお願いします」

「分かりました。おビールとかは」

「あ……じゃあ、生中を一杯だけ」

「承知しました」

料理を作らせるだけでは悪い気がした。水商売にとってなんと言っても利益率が高いのは、やはりアルコール類である。

ビールを一杯ぐらいなら平気だろうと、俊平は中ジョッキを注文した。多江と二人きり、シラフでいるのはいささかハードルが高いという理由もあったが。

「お休みなのに、お仕事なんですね」

多江はよく冷えた生ビールとお通しを俊平の前に置いた。カウンターの向こうの調理スペースでフライを揚げる準備をしながら、俊平に話を振る。

「え、ええ」

俊平はぎこちなくビールをあおり、冷たい液体を胃袋に流しこんだ。

あいまいに返事をする。

うしろめたい理由で訪ねるわけではなかったが、なにもわざわざ美佳のアパートに行くつもりだなどと言う必要もないだろう。

「まあ、貧乏ひまなしってやつです。あはは」

笑ってごまかし、お通しに箸を伸ばす。

今日のお通しは鳥わさポン酢のようだ。鶏のささ身がいい感じに炭焼きにされ、白ネギと和《あ》えられている。

(旨そうだ)

見ているだけで唾液が湧いた。

箸にとったささ身を口に放りこむと、

(おお……)

肉の甘みとポン酢の酸っぱさがじゅわっと滲みだした。旨い、旨いとさらに咀嚼《そしやく》をすれば、至福の旨みがいっぱいに広がり、俊平は二つ目の鳥わさも、すぐさま口に放りこむ。

(本当においしいな)

炭の苦みがいいアクセントになった鳥わさの味覚に、俊平はうっとりとなった。

多分今自分は、相当緩みきった顔つきになっているはずだ。

(ちょっと話しかけてみようか)

黙々とフライを揚げる多江の様子を盗み見て、俊平は胸を高鳴らせた。

こんな風に多江を独占できる機会もそうはあるまい。少なくとも、俊平は初めてだった。

会話がないと息が詰まる気もした彼は、勇気を出して声をかけた。

「女将さんって本当に料理、うまいですよね」

「えっ」

突然誉められ、多江は驚いたように息を飲んだ。

恥ずかしそうに俊平に視線を向け、あわててあらぬ方を見ながら、色白の頬をポッと染める。

自分より六歳年上で、しかも未亡人。

それなのに、多江はことのほかウブに思えた。

いや、もちろん三十六歳の大人の女なのだから、山あり谷ありでここまできただろうことは想像に難くない。夫を失ってからは、さらに苦難の連続だっただろうことも察しがつく。

しかしそれでもこの人には、どこかに父性本能を刺激される可愛い部分が見え隠れした。

俊平はキュンと胸を締めつけられ、多江への想いを新たにする。

「昔から、こんなにお上手だったんですか」

世辞のつもりはなかった。

俊平は素朴な疑問を女将にぶつける。

「い、いえ。と言うか、今でもそんなに上手なわけでは」

多江は料理を作る手を止めることなく、いたたまれなさそうに微笑んだ。そんななんでもないような反応にも、男心をそそる悩ましいものがある。

「いやいや。上手ですよ。とても」

俊平は断言し、ビールをグイッとあおった。

「俺はいつも、旨いなあってため息をつきながら食べています」

「やめてください。それほどのものでは」

「昔からですか。この料理の腕前は」

俊平はもう一度同じことを聞いた。

すると多江は、少しためらうような間合いのあと、意を決したように言う。

「もともと……主人が料理人だったんです」

「そうだったんですってね」

「ええ。ですから全部、夫に教えてもらいました。私じゃなくって、夫が上手だったんです」

「あ……」

多江は弱々しく微笑んで謙遜《けんそん》した。

仲のよい佐代子とは、俊平は何度か雑談の中で多江の話題に触れてきた。

そんな中で、かつてはこの店も、今は亡き夫と二人で切り盛りしていたという話も聞いてはいた。

だが、夫の指導のおかげで多江が腕をあげたなどということまで聞いてはいない。と言うより、あまり触れてはいけなかった話題の気もした。

「すみません。つまらないことを聞いてしまいましたかね」

夫を思いださせるような流れになってしまい、俊平は後悔した。だが頭を下げて謝罪すると、多江は「いえいえ」とかぶりを振る。

「決してそんなこと。もう、前を向いていかなきゃいけないって思ってますし」

「女将さん……」

「三回忌なんです。もうすぐ」

揚げたフライを、無駄のない動きでキャベツの千切りとともに皿に盛りつけながら、上品な笑みを漏《も》らして多江は言った。

「そうなんですね」

たしかに今年三回忌であることは、佐代子からも聞いていた。ただし「もうすぐ」であることまでは知らなかった。

三回忌――。

多江がどんな思いでつらい二年間を過ごしてきたかと思うと、思わず敬虔《けいけん》な気分にさせられた。

だがそれはそれとして。

「それじゃご主人はたいせつな奥さんに、料理に関するご自分のすべてを伝授なさって……あっ……」

俊平はさりげなく、そんな風に会話を続けようとした。

ところがふと顔をあげて多江を見ると、女将はあわてて目元を拭い、無理やり微笑もうとする。

「お、女将さん……」

「ごめんなさい。いやだ、私ったら。ばかみたいですね」

多江は自虐的に笑いつつ、あふれ出す涙を両手で拭った。笑おうとする口もとは、すぐにゆがんでわなわなとふるえる。

「すみません。俺がつまらないことを聞いたばかりに」

「違うんです。違うんです。気になさらないで。すみません、お待たせしました」

謝罪する俊平に何度もかぶりを振り、多江はできあがったフライ料理を彼に差しだす。楚々とした一重まぶたの両目から、新たな涙があふれてキラキラと光った。

「ごめんなさい、女将さん」

「いいんです。もう、どうしたんでしょう。私ったら……」

「……」

俊平はいたたまれなくなり、ズシリと胸を重くしたまま多江に謝った。

彼に料理の皿を渡した多江は鼻をすすり、なおも涙を拭いながら、白米と味噌汁の用意を始める。

(まだ、忘れられないのか)

揚げたてのフライが放つ旨そうな香りと湯気に顔を撫でられながら、俊平は割烹着姿の未亡人を盗み見た。

嫉妬。

多分これは、ジェラシーだろうと彼は思う。すでにこの世にはいない男に負けている自分が惨《みじ》めに思えた。

勝負が始まらないうちに、もう負けている。

「お待たせしました」

多江はとり乱してしまった自分を恥じらうように唇を噛み、温かな湯気を上げるご飯と味噌汁を彼の前に置いた。

「お、おいしそう。いただきます」

せつない想いに胸をふさがれてはいたが、どこまでも大人の男であろうとした。俊平は急ごしらえで笑顔を用意し、出された料理に興味を移すふりをする。

そんな俊平に、美しい未亡人は目顔で挨拶をし、別の仕事に移る。

俊平は一口、アオサの味噌汁をすすると、さっそくフライに箸を伸ばした。

まずは牡蠣からいくとしよう。

……さくり。

上下の歯を動かすと、耳に心地いい音を立ててフライの衣がくずれ、熱い牡蠣へと歯が食いこむ。

プリンとした食感。磯の香り満載の熱いエキスが、ちぎれた肉の間から勢いよく滲みだしてくる。

（旨いなあ）

せつなさいっぱいの心境なのに、それでも牡蠣フライは絶品だった。

俊平はつい夢中になって、さくり、さくりとフライを賞味し、味噌汁をすすり、炊きたての白米をほくほくと頬ばる。

「旨いです」

「あ……ありがとうございます」

忙しそうに手を動かしながら、多江は俊平に礼を言った。その目には相変わらず涙の名残があったが、俊平は見ないふりをした。

頭の中に、カウンターの向こうで幸せそうに料理を作る多江たち夫婦の姿が浮かんだ。夫の顔は見たことがないためぼんやりとしていたが、佐代子から聞いた亡夫は細身ながらも逞しいたたずまいで、顔も精悍《せいかん》だったそうだ。

（なんか……せつない……）

多江との間に会話はなくなっていた。

俊平はモシャモシャと黙って夕飯を食べながら、こっそり鼻の奥をツンとさせた。

3

「美佳さん、もうほんとに。ごちそうさまです」

「そんなこと言わないで、たくさん飲んでいってください。ご飯だって、食べていってもらおうと思っていたのに」

「いやいや……」

美佳とそんな会話を交わすことになったのは、それから一時間半ほど後のことだ。

彼女のアパートを訪ねた俊平が、すでに夕飯を食べた後だと知って、美佳は申し訳なくなるほど肩を落とした。

お礼のつもりでお酒とつまみを用意していたのにと涙目で言われた。

今日はどこに行っても罪もない美女たちを泣かせてしまう日なのかと、俊平はこちらまでせつなくなった。

美佳が接続に難儀したという新たな電化製品を、苦もなく短時間でセッティングした。食事はすませたのでと誘いを固辞する俊平に、そうはいかないと美佳はかたくなになり、少しでも食べていってと強引に彼を食卓に誘った。

そんな次第で、今俊平は美佳と二人、小さなテーブルを囲んでいる。

遠慮する俊平をものともせず、美佳は彼の前に、ビールに続いて熱燗にした日本酒の徳利《とっくり》と猪口《ちょこ》を置いた。しかもそれだけでは終わらず、自ら徳利を両手に持って、なんと酌までしてくれる。

「ど、どうも……」

「気楽にやってください。忙しいのに、わがままを聞いてもらったお礼なんですから」

「はあ。すみません」

猪口に並々と酒を注がれ、俊平は恐縮して会釈をした。そっと酒を口に含めば、熱い酒が食道を焼き、ややあって胃袋をじわじわとさせる。

「旨いです」

とっくに満腹で、酒すら入る余地はないほどだったが、そう言うしかなかった。すると美佳はうれしそうに白い歯をこぼす。

「よかった。まだまだ、どんどん飲んでくださいね」

そう言って、美佳はご機嫌な感じで自分の箸を取った。先ほどから続けていた、テレビドラマの話を再開させる。

六戸ほどが入居する小さなアパート。

美佳の部屋は二階の奥にあり、２ＤＫの間取りだった。

築年数もそれなりのようだ。

かなり古い作りだが、部屋の中には女性らしい清潔さとセンスのよさが溢れ、垢《あか》抜けた明るさを感じさせた。

向かいあって夕餉《ゆうげ》をともにしているのは、六畳のリビングルームである。畳敷きの和室にカーペットを敷き、洋風にして使っていた。

部屋の真ん中に小さなテーブルが置かれている。掃き出し窓がある方の一隅に、サイドボードに載せた薄型テレビを配していた。

性格的なものだろう。よけいな装飾も調度品もない。シンプルと言えば、この上なくシンプルな部屋である。

もっとも、襖《ふすま》を閉じて見えないようにしているもう一つの部屋はどうか知らない。だが美佳がほとんどの時間を過ごしているというリビングは、必要最低限のものしかないせいもあり、さほど広くはないはずなのに開放的なスペース感に満ちていた。

たった二か月暮らしただけなのに、早くもグチャグチャしてきている自分のマンションを思い出し、俊平は感心した。

だがやはり、この人が未亡人なのだと実感させられるのは、リビングの隅に置かれた小さな仏壇の存在だ。

観音開きの扉は閉じられ、中が見えないようになっていた。

だが俊平は部屋に招じいれられると、まず仏壇の前に端座をし、手をあわせて美佳の亡夫に挨拶をした。

(……それにしても、さっきは驚いたな)

美佳にあわせてドラマの話をしながら、彼はこっそりと、つい先刻の記憶を脳裏によみがえらせた。

時間の計算を誤って、約束した時間よりかなり早めにアパートに着いてしまった。近くに時間をつぶせるような場所はなく、俊平は悩んだ末、美佳の部屋のドアチャイムを鳴らした。

あわてた様子で出迎えた美佳は、なんと洋装の喪服姿だった。

深みを感じさせる色合いをした、漆黒のアンサンブル。ボタンや金具の目立たない上品なフォーマルウェアは、膝もしっかりと隠れたロング丈のスカートだ。

襟《えり》ぐりの開きが狭い首元には真珠のネックレスをあわせていた。形のいいふくらはぎを黒いストッキングが包み、喪服に装《よそお》った全身から、艶めかしいエロスを放散している。いつも目にする、愛くるしい美佳とは別人のように色っぽく、俊平はついドギマギとした。

聞けば、美佳もまたもうすぐ亡き夫の三回忌で、喪服の試し着をしていたのだという。

――どうしようって思っていたところなんです。前より太ってしまったかも。

美佳はそう言って自分の体型をさかんに気にしたが、俊平は全力で彼女の杞憂《きゆう》を否定した。

仮に前より太ったにしても、この色っぽさ、このたたずまいは完璧に近い。魅力的な美佳がいっそう艶々と輝いて見え、俊平は心から彼女を賞賛した。

そんな俊平に、美佳は美貌を真っ赤に火照らせ、これまた全力で否定したが。

(すごくきれいだったよな。あっ……)

脳髄に残る艶めかしい姿に、俊平はついほれぼれとした。だが、目の前の美佳はと言えば――。

「あ、あの。美佳さ――」

「ごくごくごく」

向かいあって酒を飲んでいた。

はっきり言って、食べものはもう喉を通らないが、せめて酒ぐらいは喜んで飲む姿を美佳に見せたかった。

俊平はかなり無理をして缶ビールを二本ほど空にし、今は日本酒を舐めていた。

正直に言うなら、酒だってもう限界だ。ところが美佳のほうは、俊平とは対照的だった。

「ごくごくごくごく」

「いやいや、美佳さん、いくらなんでもそんな飲み方……」

おいしそうに缶ビールに口をつけ、顔を上向けてよく冷えた酒を喉の奥に流しこむ。

ごくごくと喉の鳴る音すら大胆に聞かせ、可愛い未亡人はいつもとは違った豪快な飲みっぷりで俊平を驚かせた。

「ぷはー。ああ、おいしい」

俊平のとまどいもなんのその。美佳は缶ビールから口を放し、幸せそうな笑顔になって至福の言葉を口にする。

「ごめんなさい、ウフフ。あー、なんだかぼーっとしてきちゃいました。ウフフフ」

「美佳さん……」

やはりいつになく酔いが進んでいるようだ。

それはそうだろう。俊平のペースが、満腹気味なこともあって遅めなのとは裏腹に、そんな彼に焦《じ》れるかのように、美佳はかなり飛ばしていた。

ぼうっとしてきてしまったという自己申告もむべなるかな。先ほどから俊平はだんだん心配になってきていたところである。

ところが――。

「もう一本飲んじゃおうかな」

「えっ」

美佳は、まだ飲むつもりのようだ。愛らしい挙措《きょそ》で座布団から立ちあがると、キッチンに向かおうとする。

「あらら」

「あっ、美佳さん」

だが未亡人は、たちまち足もとをふらつかせた。あわてた俊平が反射的に立ちあがろうとすると、

「ウフフ。平気です。平気平気」

機嫌のよさそうな笑顔でヒラヒラと手を振り、鼻歌さえ口ずさみながらキッチンに消えていく。

（いい加減、やめさせたほうがいいかな）

そんな美佳を見送って小さく嘆息し、俊平は唇を噛んだ。

自分ではうまくつなぐことのできなかったハードディスクレコーダーとテレビの接続がすみ、美佳はうれしくてならないらしかった。

今後は好きなテレビ番組があれもこれもと留守録できることに嬉々とし、彼女はご機嫌で、大好きなテレビ番組の話などに興じた。

こんな風に二人きりで話をするのは、考えてみたら今夜が初めてだった。

いつもは多江の店や、美佳が働く和菓子店。あるいは時折、佐代子がパート勤務をする純喫茶でバッタリと出会い、時間をともにすることもあったが、そのときは佐代子も話に加わった。

だから、人目を気にせず話に夢中になるこの人を見るのは新鮮な気分だ。

多江と同様、美佳だって、夫を亡くすというつらい過去をくぐり抜けてきている。

それでもこの人の明るさや無邪気さが、救いのようにも俊平には思えた。

いい人と出会い、幸せになってくれればいいなと、妹を思うような気持ちで四つ年下の未亡人を思った。もっとも俊平の兄妹は兄一人で、妹はいなかったが。

「俊平さん」

「わわわっ」

そのときだった。

俊平は思わず飛びあがりそうになった。いきなり美佳が背後から抱きついてきたのだ。考えごとをしていたせいで、彼女が部屋に戻ってきた足音にすら気づかなかった。

（ど、どうして抱きついているんだ）

思いもよらない美佳の行動に、俊平は頭が真っ白になる。背後から密着する美佳の肢体は、不意をつく熱さを感じさせた。

「美佳さん」

俊平はあわててふり返ろうとする。だが後ろから手を回して抱きすくめられ、動きが思うに任せない。

すぐ真横に、美佳の可愛い小顔があった。驚くことに、美佳は自分から火照った顔を俊平の頬に押しつけてくる。

4

「ああ、み、美佳さん。あの」

「俊平さん。ねえねえ。俊平さん」

（あああ……）

グイグイと火照った頬を押しつけながら、美佳は甘えた声をあげた。

これまで一度として耳にしたことのなかった、砂糖菓子のような甘ったるいトーンの声。

俊平はとくんと心臓を脈打たせる。濃密な媚《こ》びを含んだ未亡人の声には、男の理性など瞬時に溶かしてしまうような、危険な毒があった。

「いや、あの、美佳さ――」

「酔っちゃったよう」

「えっ」

「ねえ、俊平さん。俊平さん俊平さん俊平さん」

「わあっ」

美佳はさらに体重を載せ、俊平を抱きすくめて揺さぶった。

可愛い未亡人の口からこぼれる香りには、たっぷりと酒の残り香があり、なんとも甘ったるい。

「俊平さんは。ねえ、俊平さんは酔っていないの。私だけなんていやだよう」

おもねるように美佳は言い、なおも俊平の身体を揺さぶった。

思いがけない展開に、俊平は本気でとまどった。なぜだか一瞬、白い指で涙を拭う多江の面影が脳裏をよぎる。

「美佳さん、あの」

（わああ……）

気づけば肩のあたりに、やわらかな乳房の感触があった。間違いなく美佳は、アピールするように胸のふくらみを俊平に押しつけている。

まずいと俊平は思った。

酔った勢いでこんなことをさせてはならない。つい先日、酔いに任せて佐代子とあんなことになってしまった自分が偉そうに言える立場ではないが、経験者だから分かるほろ苦さもある。

事実、あの夜以来、佐代子とはかなりぎくしゃくするようになっていた。

考えるまでもなく、向こうは人の妻。愛憎なかばするパートナーへの面当てから裏切り行為に及んだフシがあったが、いざ願いをかなえてしまうと、胸中にはやはり複雑なものが兆《きざ》したのかも知れなかった。

酒の勢いは、どこまで行っても酒の勢いでしかない。

経験者は語る、である。

「あの、だめです、酔った勢いでこんなことしちゃ」

いやらしくおっぱいのふくらみを押しつけてくる可憐な未亡人に、声を硬くして俊平は言った。

すると美佳は──。

「酔ってません」

反発するように言う。その声には、なおもいつもと違う甘さがあった。しかし口調には、それまでとはやや違うしっかりとしたものも感じられる。

俊平は混乱した。

「み、美佳さん」

「ねえ、どっちならいいですか。どっちなら今夜は……今夜は私と、私と──」

「あっ……」

またしたも不意をつかれた。美佳は、動転する俊平の身体を引っぱり、カーペットの床へと仰臥させる。

自らは、そんな俊平の上に馬乗りになった。艶めかしく瞳を潤ませ、今にも泣きそうな顔つきで一心に彼を見つめてくる。

「美佳さん」

「ねえ、どっちなら私を抱く気になれますか。酔っているって言った方がいいですか。それとも、酔ってなんかいないって言った方がいい？　どっちなら、罪の意識が軽くなりますか？」

「そんな」

「抱いてほしいです。抱いてほしいの」

真摯《しんし》に訴えてくる美佳の姿に、俊平は不覚にも甘酸っぱく胸を締めつけられた。

「似てるんです」

すると、声をふるわせて美佳が言う。

「えっ……」

「似てるの。似てるんです。俊平さんって、あの人に」

あふれだす感情が、いかんともしがたい風に見えた。今度は真正面から、美佳は俊平に抱きついてくる。

（こ、これは。わわっ……）

先ほどまで肩に当たっていたおっぱいが、今度は胸板をグイグイと押してくる。

衣服とブラジャー越しではあるものの、俊平はたしかに、乳首の硬さまで感じた気がした。

「み、美佳さ――」

「嘘じゃないです」

美佳はいきなり、俊平から離れた。仏壇に走りよると閉じていた扉を開き、中から写真立てを取りだす。

それを持って、ふたたび彼のもとに駆けよった。

（い、言われてみれば……）

差しだされた遺影を目にした俊平は、そう思わざるを得なかった。たしかに夫のたたずまいには、どこかしら自分とよく似たものが感じられる。

「ねえ、今夜は甘えさせて、俊平さん、お願い、お願い」

懇願する声は、もはや涙混じりだった。

写真立てを置いた美佳は、またしても俊平を抱きすくめる。

駄々っ子のように身体を揺さぶり、俊平の首すじに熱い息を吐きかけながら、哀切に彼を求めてくる。

「分かったでしょ、嘘じゃないって」

「美佳さん」

「俊平さんを見ていると、どうしてもあの人を思いだしてしまって……自分でも、どうしていいのか分からなくって」

「美佳さん」

「俊平さんのせいです。俊平さんがいけないの。俊平さんのせいなの」

「あっ……」

顔をあげた美佳は、その目に涙をあふれさせていた。たまらず俊平はもらい泣きしそうになる。

……チュッ。

美佳は両目をウルウルとさせながら、俊平の口におのが唇を熱っぽく重ねる。

(あああ……)

もうだめだと俊平は思った。こんな可愛い誘惑をされたら、自分ごときの理性では、どうがんばってもこらえが利かない。

「美佳さ、ん……ムンゥ……」

「俊平さん、して。ねえ、してください。私、今ありったけの勇気、ふりしぼっています……んっんっ……」

……チュッチュ。ピチャ。チュッ。

（おおお……）

まさに、人が変わったようなとは、このことである。美佳は形のいい小鼻から熱い鼻息をリズミカルに漏らした。右へ左へと小顔を振り、狂おしさあふれる求め方で、やわらかな朱唇を押しつけてくる。

「うぅ。うぅっ」

「美佳さん……」

していることはとんでもなく大胆。

それなのに、同時に美佳は嗚咽《おえつ》してもいた。

ぽたり、ぽたりと俊平の顔に涙が落ちてくる。温かなしずくは自らの重みに負け、俊平の顔を垂れ流れて、耳の方へと消えていく。

「おお、美佳さん。だめです、俺、こんなことされたら。んっ……」

ぽってりとした唇を押しつけられ、とろけるようなキスに引きずりこまれた。唇と唇が重なるたび、甘いうずきが股間にひらめく。理性はもはや風前の灯火《ともしび》だ。

いけない、いけないとうろたえる気持ちはいまだにある。

なにしろすぐそこに夫の遺影があり、仏壇まであった。美佳が魅力的な女性であることは言うまでもなかったが、いくらなんでも気が引ける。

だが、そんな風に思おうとするおのれをあざ笑うかのように、デニムの下で陰茎がムクムクと臨戦態勢をととのえだす。

（なんてこった。だめだ。ほんとにもう限界）

泣きながら求めてくる可憐な未亡人は、ふるえが来るほど愛らしかった。

俊平の心には、すでに多江がいる。

佐代子との一夜を悔いる気持ちも嘘ではない。しかしそれらはそれらとして、唇を重ねる今夜のこの人は、あまりに淫力が強かった。

「アァン、俊平さん。甘えさせて。ねえ、今夜だけでいいんです。今夜だけ、今夜だけ……」

「美佳さん……」

「俊平さんのこと、『あなた』って呼んでもいいですか」

「おお、美佳さん！」

「あっはああぁ」

愛くるしさとセクシーさに哀切さまでもが加わり、これ以上の辛抱は、身体に毒だとすら俊平は思った。

（申し訳ない、ご主人）

俊平は床に伏せられた写真立てに謝りながらも、突きあげられる気持ちになった。臓腑《ぞうふ》の奥から信じられないほど、獰猛な力があふれ出してくる。

気づけば攻守ところを変え、美佳を抱きすくめて互いの位置を反転させていた。

眼下にあるのはいささか驚いたように両目を見開く、横町二大美女の一人。目の縁《ふち》から垂れた涙が耳に流れる。

俊平は美佳を抱きしめ、二人して上体を起こした。

「甘えていいよ」

この人が、自分に亡夫の幻《まぼろし》を求めたいのなら、求めさせてあげようと思った。

美佳を見る限り、酔った勢いだけで清水《きよみず》の舞台から飛びおりるようなことをしているとも考えられない。

彼女には彼女の切実な思いがある気がした。自分なんかでよいのなら、とことん幻を見せてやろう。

「しゅ、俊平さん」

そんな俊平をじっと見つめ、美佳はわなわなと朱唇をふるわせる。その目には、新たな涙がまたしても、あっという間に満ちてくる。

「違うでしょ、美佳さん……ううん、美佳」

わざと呼びすてにした。

華奢《きゃしゃ》な二の腕を両手でつかみ、キスをしようと顔を近づける。

「あなた、じゃないのかい」

「ううっ……あっ……」

……チュッ。

今度は俊平からキスをした。美佳は彼にされるがまま、自分の唇を彼に捧げる。

「あ、あなた。うう……」

「美佳……」

……チュッチュ。チュパ、ヂュチュ。

「ああ。あなた……あなた、あなた、あなた。あなたああ。うぅ、うぅ」

美佳は嗚咽しながら、狂おしいキスへと身をゆだねた。

細い腕を俊平の首に回し、小動物的なおとなしさをかなぐり捨てて、せつない女の本能を露わにする。

二人の接吻は尻上がりに熱烈さを増した。とろけるような熱いキス。次第に俊平は、頭の芯がしびれ始めてきた。

薄目を開けて美佳を見た。

するとと美佳もまた、細めた両目に隠しようもない妖《あや》しい潤みを宿していた。

5

「あなた……アン、あなた。んっんっ……」

「おお、美佳。おおお……」

それからしばらくのち。二人の姿は、リビング隣の四畳半にあった。

美佳が寝室に使っているというその和室は、やはり必要最低限の家具や調度品しか置かれていなかった。

そんな畳敷きの部屋に布団を敷き、全裸でもつれあった。二人して、せわしなくシャワーを浴びたあとだった。

「ハァアン、あなた……」

「美佳、きれいだ。あああ……」

俊平は、組みしく二十六歳の未亡人の裸身にうっとりとした。

繊細なガラス細工を思わせる華奢《きゃしゃ》な身体。

いつもはもっと色白なのだろう。だが美佳もまた、淫らな興奮とよく効いたエアコンのせいで、その身を薄桃色に火照らせていた。

そんな魅惑の裸身を抱きすくめ、俊平はいよいよ本格的な責めを始めた。

「あああ……」

「おお、美佳。美佳、美佳」

そう言うと、俊平はスルスルとスレンダーな裸身を下降する。

「あぁン、あなた。いやン、恥ずかしい。あああ。あああああ」

恥じらって暴れる細い脚を拘束するや、有無を言わせずV字状に割り広げた。

日ごろの立ち居ふるまいがおとなしいだけに、両脚を大胆に開いたこのポーズは、破壊力が強烈だ。

（ああ、エロい！）

網膜に飛びこんできた卑猥な眺めに、俊平は息づまる気持ちになる。

露わになった淫肉に、ほとんど陰毛は生えていなかった。

決してパイパンというわけではない。

人工的に処理をしているわけでもないだろう。

もともと薄い恥毛のようだ。ふっくらと盛りあがる肉土手に、猫毛を思わせる細い秘毛が、ほんの少しだけ生えている。

そんな眺めは、やはりこの人を実年齢より幼く感じさせた。

だが秘毛の下にパックリとワレメを見せつける淫肉の方は、はかなさあふれる陰毛とは対照的に、かなり生々しい。

(すごく濡れてる)

眼下にさらされた女陰に、俊平はぐびっと唾を呑んだ。

蓮《はす》の花を思わせる、いやらしい形。ねっとりとした粘りを見せる猥褻な恥裂は、まさに大人の女ならではである。

サーモンピンクの粘膜を惜しげもなくさらし、二枚の肉扉をべろんと重たげに広げている。子宮へと続く肉穴のくぼみが、あえぐように開口と収縮をくり返した。俊平は水面に顔を出した鯉《こい》の口でも見ているような気持ちになる。

世にもセクシーな牝鯉は、ひくつくたびに愛蜜をニヂュチュ、ブチュチュとあふれ出させる。

愛蜜はところどころが白濁し、泡立ってもいた。

「くぅ、美佳」

見ているだけでゾクゾクとしてくる扇情的な光景。俊平は息苦しさがつのるまま、可憐な未亡人のぬめり肉にむしゃぶりつく。

「うああ。ハアァン、ああ、あなたああ」

「はぁはぁ。美佳。んっんっ」

「うあああ。うあああああ」

俊平の口がワレメをえぐった途端、美佳はさらにはしたない獣になった。みんなの前では見せることのない、女としての素顔をさらに露わにして可愛く媚びる。

くなくなと甘えた様子で身をよじり、おもねるような甘い視線を、股間に吸いつく俊平に向ける。

「アァン、あなた。あなたぁンンン」

「美佳。舐めてほしいかい。んん？」

そんな美佳に、俊平は聞いた。甘えてくる美佳が愛らしく、ついもっと媚びてほしくなる。

「あはぁ、意地悪。いじわる、イジワルンンン」

案の定、美佳は駄々っ子のようになった。スレンダーな裸身を揺さぶって、自ら股間を俊平にグイグイと擦りつける。

「ぷはっ。おお、美佳……」

「イジワル。あなたなんか大嫌い。イジワル、イジワルンンン」

……グイグイ。グイッ。

「うお、おおお。フフ、美佳……ぷはっ」

熱っぽく押しつけられる肉貝に、俊平は恍惚となった。

ヌルヌルした粘液をめったやたらに塗りつけられる。粘りに満ちたその汁は、めかぶ汁かなにかのようだ。

顔に擦れる牝肉の感触は、温かな生牡蠣かなにかを思わせた。女性器独特の感覚にほんの少しだけ陰毛のザラザラ感が混じり、いやらしい生々しさが増している。

「く、くぅ、美佳……ほらほら、こうしてほしいんでしょ？」

猥褻な腰の動かし方で股のつけ根を押しつけてくる美佳と、もっとイチャイチャしたくなった。俊平は甘酸っぱい想いを感じながら、疑似《ぎじ》夫婦を演じあう未亡人のぬめり肉をねろんと舐める。

「うあああ」

すると、美佳は意外なほど派手に反応した。

久しぶりの行為のせいだろうか。

それとも亡夫への強い思いのせいか。

あるいはキュートな見た目とは裏腹に、けっこう敏感な体質なのか。

「あアン、あなた……」

「舐めてほしくないのかい、美佳。ほら、こんな風に。んっ……」

……れろん。

「ああああ。アァン、あなた。あなたああ」

……れろん、れろん。れろん。

「ああ、あなた。好きだよう。愛してる。好きだよう」

「もっと舐めてほしい？　んん？」

……ピチャピチャ。

「うあああ。あああああ」

美佳は、か細い身体のどこにこれほどまでの力があったのかと思うほど派手に暴れた。いやがって身体をよじりはするものの、発情した性器は嘘をつけない。

（ああ、エロい汁が）

絶え間なく左右に振れる女体を押さえつけた。

ぬめるワレメをさらにしつこく舌であやせば、なにより雄弁な答えのように、いっそうドロドロした濃い蜜が泡立ちながら分泌する。

……ブチュブチュ。ニヂュチュ。

「あぁん、いやぁぁ……」

「もっと舐めてほしいかい、美佳。正直に言わないと舐めてやらないよ」

気持ちはイチャイチャだが、やっていることはドSだった。

「あああ。あなた。あなたあああ」

「舐めてほしくないの、美佳。ねえ、どうなの」

「ああああああ」

「美佳」

「な、舐めてほしい。いっぱい舐めてほしいよう」

(おお、言った)

とうとう美佳は白旗を揚げた。今にも泣きそうな愛らしい声で、はしたない欲望を言葉にする。

……ブチュブチュ。ヌチュチュチュ。

「おお、美佳」

「ああ、いやン。見ちゃダメ。いやいや。いやああ」

しかも訴えたのは上の口だけではない。哀訴する持ち主に呼応するかのように、当の女陰も反応した。

いっそう猥褻に開口と収縮をくり返し、品のない汁音をひびかせて、とろみを帯びた愛液を何度も何度もしぼりだす。そのせいで、柑橘《かんきつ》系のような甘酸っぱい芳香があたりに広がる。

「いやらしい人だ。下の口でも、舐めて、舐めてって言っているよ」

俊平はつい美佳をからかった。

「うー」

美佳は本気で恥じらい、両目を見開いて、たちまち頬を真っ赤にする。

(可愛い)

そんな未亡人に、俊平は本気で胸をときめかせた。気づけば今この時だけは、愛《いと》しの多江もどこかにかすんでしまっている。

(なにをしているんだか、俺は)

自虐的にこの状況を見ているもう一人の自分がどこかにいた。だが俊平は、そんなおのれを意識の隅に強引に追いやる。

「よく分かったよ、美佳。やっぱりこうしてほしかったんだね」

鬼の首でも取ったように言った。俊平は、暴れる両脚を今度はM字に拘束し、ヌメヌメと光る縦溝に、さらに荒々しくむしゃぶりつく。

「あっあああっ」

「美佳。こうだよね。こうされたかったんだよね」

……ピチャピチャ。れろれろれろ。

「あああ。あなた、あなた、あなた、あああああ」

俊平は怒濤の勢いで、美佳の肉裂にクンニリングスをした。

ねろねろと舌を擦りつけ、夢中になって媚肉をあやせば、とろろ汁のようなぬめりが舌にまつわりつく。膣穴がさらに蠢動した。

からみつく愛液は、強い酸味を感じさせる。俊平はいっそう鼻息を荒くして、サーモンピンクの粘膜の園に舌を擦りつける。

「うああ。ああ、舐めてもらってる。あなたに。あなたにまた舐めてもらってる。あああああ」

舌ですくっても、またすくっても、うごめく蜜穴は、後から後から新たな淫蜜をしぼりだした。

甘酸っぱさいっぱいのアロマも手伝い、果汁でも滲みだしてくるかのようだ。

亡夫への想いも手伝ってはいるだろう。だがやはり、この未亡人は意外に敏感な身体のようだ。愛くるしい美貌とは相いれない思いがけない好色さに、俊平もますます発奮し、品のない獣になっていく。

「俺もうれしいよ、美佳。また美佳のオマ×コ舐めることができた。可愛い美佳のオマ×コを。おいしいなあ。おいしいなあ」

……ぢゅるぢゅる。ぢゅるぢゅる、ぢゅる。

「うあああ。アアン、すすらないで。すすっちゃだめ、あああああ」

すぼめた唇を膣穴に押しつけ、下品な音を立てて汁をすすった。勢いよく吸いこむせいで、ドロドロとした蜜の塊が次々と口に飛びこんでくる。

「あああ。そんなことしちゃだめだよう。だめだよう。あああああ」

(美佳さん)

いやがって悲鳴をあげながらも、美佳は相当に感じているようだった。

すすればすするほど、さらに激しくその身をのたうたせる。演技とも思えないガチンコな声をあげ、布団のシーツをガリガリと爪でかきむしる。

もしかしてイキそうかと、俊平は期待した。イキたいのならイカせてあげようと、さらに行為をエスカレートさせる。

「美佳、美佳。んっんっ……」

……ぢゅるぢゅる。ぢゅるぢゅるぢゅるぢゅる。

「ンヒイィ。ああ、あなた。ああ、お尻の穴。お尻の穴はダメ。ああああぁ」

汁でもすするように、なおも膣口に唇を押しあて、何度も何度も息を吸い、舌で女陰を舐めしゃぶる。

そうしながら、伸ばした指で美佳の秘肛をソフトにほじほじとあやして責める。

どうやらこれが効いたらしい。美佳は一気によがり声を切迫させ、アクメの高みへと急上昇する。

「ヒイイィ。ああ、いやン。とろけちゃう。あなた。あなだああ。ああああぁ」

……ビクン、ビクン。

「おお、美佳……」

最後のよがり吠えは、すべての音に濁音がついたかのようだった。

いつも可憐な美佳とも思えない声で吠えると、二十六歳の未亡人はついにアクメに上りつめた。

「はうう……あン、恥ずかしい……いやン、すごく、身体が、ビクビクして……ハァアアン……」

強い電流でも流されたように、ビクン、ビクンと裸身を痙攣《けいれん》させる。

とろけきった両目は、焦点があっていなかった。あうあうと朱唇をわななかせた美佳は右へ左へと身をよじり、恍惚の電撃に打ちふるえた。

6

「くうぅ……ああ、美佳……そんなところまで……」

「はぁはぁ……今度はあなたが気持ちよくなる番だもん……んっ……」

それからしばらくすると、今度は攻守ところを変えていた。

あらためて交わしたねちっこい接吻の流れのまま、美佳は自ら進んで俊平の身体という身体を、ピチャピチャ、ペロペロと舐めまわしてくれる。

そしてその結果、美佳は俊平の身体を裏返し、四つんばいにさせていた。愛おしそうに俊平の尻の左右どちらにも頬ずりをしながら、長いこと尻を撫で回す。

こんなことはあまりされたことがないため、正直に言えばかなり気恥ずかしい。

だが「あなた、あなた」と万感の想いとともに呼ばれながら尻を愛《め》でられると、やめてくれとは言えなかった。

（こんなにも俺の身体を……いや、美佳さんにとっては旦那さんの身体なんだろうけど……）

あまりに熱っぽい、深い愛を感じさせるボディタッチと舌責めの連続に、俊平はあらためて、夫を亡くした美佳の深い傷を感じた。

美佳の情熱的な奉仕は、まず首すじから始まった。「あなた。あなた」とうわごとのように言いながら、俊平のうなじを、生々しい唾液でベチョベチョにした。

それが頬や額へと移り、さらには胸板へと降りた。

今度はひとしきり俊平の乳首を、左右どちらもピチャピチャと淫靡な音を立てて舐めしゃぶった。

女性にこれほど乳首を舐められたことは、今まで一度だってない。男でも、乳首を舐められるとやはり気持ちがいいものなのだなと、新鮮な驚きと快感に俊平はふるえた。

そして今、いよいよ美佳は俊平を四つんばいにさせ、二つの尻肉に申し訳なくなるほど頬ずりやタッチをしたかと思うや――。

「あなた。感じてね。あのころみたいにいっぱい、いっぱい。んっ……」

……ピチャ。

「うおおおっ。ああ、そんな、いくらなんでも。おおおおっ……」

ついに信じられない行動に出た。

白い細指で俊平の尻肉をつかんで左右に割ると、尻の谷間に顔を近づけた。口からネチョリと舌を突きだし、俊平の肛門を大胆にネロンと舐め始める。

その途端、甘酸っぱさいっぱいの強い電気が菊蕾からまたたいた。たまらず肛肉がヒクンと収縮し、いけない快感が思いがけない強さで広がる。

(おお、これは……)

「感じて、あなた。好きだったでしょ、私にこういうことされるの。ウフフ」

秘めやかな笑みとともに、甘ったるい声で美佳は訴えた。

「私、恥ずかしいけど、うれしかった。あなたが感じてくれると。好きだった。ねえ、あなた。好きだよう。好きだよう。んっんっ……」

……ピチャピチャ。ねろん、ねろん。

「くうぅ、美佳。ああ、こ、これ……たまらない!」

生温かな息をアヌスに吹きかけ、美佳は息を乱しながら、俊平の肛門を音を立てて舐めた。

正直に告白しよう。これはとんでもなく気持ちがいい。

乳首も相当よかったが、はっきり言って俊平としては、尻の穴を舐められる快さの方が乳首を上回った。

（くぅ、ち×ぽが……）

美佳は気づいているだろうか。

そう思うと気恥ずかしさはいっそう募る。おぼえる快感が強いため、アヌスをひとなめされるたび、ビクビクとペニスがしなった。

陰茎の芯が甘酸っぱくうずき、亀頭がひくつく。尿口から、カウパーが滲む。

「あン、もう、あなたってばあ」

またしても俊平は驚かされた。

美佳はクスッと笑い、ささやくような声で言う。

「わわっ。美佳……」

肉棒のひくつきに、やはり気づいたようである。なおも肛門を舐めながら、ためらうことなく白い細指でいきり勃つ肉棒をそっと握る。

「おお、美佳。そんな」

「こうでしょ。こうされるといいのよね。んっんっ……」

……しこしこ。しこしこしこ。

「ああ。そんな。ああ、美佳。あああああ」

アヌスをチロチロと舐めながらの、いやらしさあふれる陰茎しごき。

こんな快感は、三十年間生きてきて初めて知った。

敏感な菊蕾を舌であやされるたび、キュンキュンと肛肉が締まった。陰茎へと、はしたない快さが伝染する。

美佳は全部お見通しとばかりに、極太をしこしことしごく。

しかも、ただ幹の部分を機械的にしごくだけではない。カリ首の縁をシュッシュと擦過《さっか》する、意外な巧みさまで見せつける。

(こんなことまで)

俊平は意外な思いがした。

おそらく亡夫にしこまれたのに違いない。

可愛い顔をしてこんな淫戯を隠し持っていた未亡人に、今まで感じなかったエロスを、いやでも強烈に感じてしまう。

「くうぅ、美佳」

「気持ちいいのよね、あなた。いいの、感じて。いっぱい感じて。あなたあああ」

……ピチャピチャピチャ。れろれろ、れろん。

「おおお、美佳。気持ちいい。気持ちいいよ。くうぅ、こんなことされたら、もう我慢できない」

「はぁはぁ。はぁはぁはぁ」

美佳のアヌス舐めはさらに激しさを増し、同時に手コキもいちだんとエスカレートした。

出したいのなら、出してもいいのよと無言の内に言ってでもいるかのような指の輪ピストン。俊平は布団のシーツをつかみ、甘い苦悶に尻を振る。

「み、美佳。だめだ。出ちゃう」

どんなに我慢をしようとしても限界だった。じわりじわりと射精衝動が膨張し、全身に大粒の鳥肌が立つ。

「いいよ、出して。いっぱい出して」

上ずった声で美佳は答えた。しかしこのまま出してしまったら、布団がとんでもないことになる。

「でも」

「大丈夫。出して、あなた」

すると美佳はいきなり態勢を変えた。

裸身を反転させ、俊平の太腿の間から顔を飛びこませる。布団に仰臥した未亡人は、腹筋のように顔をあげ、ぱくりとペニスを頬張る。

「うおおおおっ！　ああ、美佳！」

「出して。好きなだけ出して。んっんっんっ」

――ぢゅぽぢゅぽぢゅぽ！　ぢゅぽぢゅぽぢゅぽぢゅぽ！

「うわああ。気持ちいい！」

最後の最後に、俊平の肉棒は美佳の口にからめとられた。

可愛い未亡人は秘めた猥褻さを全開にし、啄木鳥のように顔を振って、うずくペニスを舐めしごく。

「おお、気持ちいい。美佳、気持ちいい、気持ちいい、気持ちいい」

「むぶう。むぶう。んっんっんっ」

狭い口の筒で男根をしごかれ、いよいよ俊平は臨界点を迎えた。

美佳に動きをあわせて自らも腰を振り、未亡人の口を性器にして淫らな快楽をむさぼろうとする。

――グチョグチョグチョ！　ヌチョヌチョヌチョ！

（もう出る）

「むああ。あなた。出して。出して出して。ああン、激しい。んっぷぷぷうっ」

「美佳、出る……」

「んんむううっ。んっぷぷぷぷうっ‼」

――どぴゅどぴゅどぴゅ！　びゅるるるるっ！

（あああ……）

ついに俊平はオルガスムスに突きぬけた。

射精とともに全身に染みわたる多幸感。脳の芯まで白濁する。

（最高だ）

うっとりと目を閉じた俊平は、射精の激情に身をゆだねた。陰茎が脈打つたび、強い快感がひらめいて、そのたび大量のザーメンを、どぴゅり、どぴゅりと撃ちだしていく。

「んむぶぅ……あン、あなた……すごい……んはあぁ……」

「あっ……」

くぐもった美佳のうめき声で、ようやく我に返った。

すまないことをしたといささかあわてる。正直に言うと射精の快感が強いあまり、美佳への配慮を忘れていた。

「ご、ごめん……」

気づけば俊平はぐったりと脱力し、つぶれたカエルのような格好になって射精していた。つまり自分の股間を遠慮もなく、美佳の美貌に押しつけたまま吐精の悦びに溺れていたのである。

「い、いいの。私は平気……あぁ、すごい……こんなに精子が、いっぱい、いっぱい……んぐっ、ぐぅ、んはあぁぁ……」

「美佳……」

とまどう俊平を制し、美佳はなおも、彼の射精を受けとめた。

俊平の股の下に仰臥して、両脚をバタバタさせながら、口中に吐きだされるネバネバしたザーメンをうめき声をあげながら受けとめていく。

（なんてかわいい……）

そんな未亡人の懸命な姿に、俊平は胸を締めつけられた。

早く射精をやめなければと思うものの、相当気持ちがよかったらしく、脈打つ陰茎はなかなか動きを、止めようとしなかった。

第三章　未亡人のおねだり

1

（困っちゃったわね）

佐代子はそっと頬に手を当てた。目の前で泣きじゃくる美佳を持てあまし、どうしたものかと途方に暮れる。

横町からはだいぶ距離のある、繁華街のカフェである。

キュートな未亡人は感極まってハンカチを目に当て、鼻をすする。そんな可愛い美佳に、周囲の客たちが好奇の視線を向けてくる。

「ご、ごめんね、佐代子さん。いやだ、私ったらばかみたい……」

美佳は感情を昂《たか》ぶらせてしまったことを恥じらい、自嘲的に微笑んだ。しかし大きな瞳からは、あとからあとから新たな涙があふれだす。

「ううん。いいのよ。平気平気。そうか。そうなのね」

佐代子はあわてて美佳の前で手を振り、気にしないでと思いを伝えた。なにも知らずになおも鼻をすする美佳を見て、一人こっそりとため息をつく。

(私がもたついている間に、こういうことになっていたわけね)

心の中で自分自身をからかうように言い、俊平の面影を脳裏によみがえらせた。

——俊平さんが好きになっちゃったよう、佐代子さん。ねえ、どうしたらいい？

私、気持ちが抑えられない。

相談があると言って佐代子を誘った美佳は、落ちあったカフェで話を始めるや、たちまち泣きくずれた。

大人しい美佳がこんな風に感情をむきだしにすることは珍しいため、佐代子は驚きながら、どういうことかと説明を求めた。

聞けばどうやら俊平は、美佳の夫とよく似た雰囲気の男性らしい。夫の死からいまだ精神的に立ち直れていない美佳は、俊平に夫を重ねる内、自分でもどうしようもなくなってきたようだ。

(それにしても、美佳さんがそこまで大胆だったとはね)

カップを手にとり、コーヒーに口をつけながら、佐代子は意外な気がしていた。なんと俊平を自宅に誘い、自らアプローチをして肉体関係まで持とうとしたというではないか。

ところが前戯的な行為が終わると、俊平は本番行為だけは拒んだという。

『ごめんなさい。今夜はやめておきましょう。本当にこんなことをしていいのか、もう一度よく考えたほうがよくありませんか。やっぱり俺、ご主人に悪くて……』

俊平はそう言って、美佳を思いとどまらせた。

そうした流れを考えれば、この先二人がどうなるかは分からない。だが、いずれにしてもひとつだけはっきりしていることがある。

(私は身を引くしかなさそうね)

苦い笑いがこぼれそうになった。

美佳のせつない思いや自分の立場を思えば、張りあうことははばかられる。

酔った勢いで俊平と関係を結んでしまってから、不覚にも彼への想いが膨張した。軽いつまみ食い程度のつもりだったのに、意外な自分の気持ちにとまどい、俊平ともかつてのようには交流できなくなった。

(私もほんとは好きなんだけど。まあ、こんなオチがお似合いね。つまみ食い女に

は）

佐代子は心でつぶやいて、思わず口の端をゆがめた。ハンカチに目を当てる美佳に気づかれなくてよかったと胸をなで下ろす。

（もう一度、ハメ撮りしてもらいたかったな）

コーヒーをすすりつつ、夢のようだったあのひとときを、脳裏で反芻《はんすう》した。

じつは自分も俊平と関係を結んでしまったのだなどとは、口が裂けても言えそうもないと佐代子は苦笑した。

2

「珍しいですね、こんな早い時間に」

多江は意外そうにしながらも、いつものようにてきぱきとした身ごなしで、美佳の前にビールの中ジョッキを置いた。

開店したばかりの小料理屋の店内。客は美佳一人しかいない。美佳は多江といちばん話しやすい席に座っていた。

（落ちついて、美佳）

たわいない雑談で女将との間合いをとりながら、ひそかに呼吸をととのえた。仕事がオフのこの日に、ここにやってきたのは、どうしてもたしかめたいことがあったからだ。

「いただきます」

美佳は多江に会釈をする。両手で冷えたジョッキを持った。

「はい、どうぞ。あの、おつまみとかどうなさい……えっ」

「ごくごくごく」

「――っ。あ、あの……美佳さん……」

あまりと言えばあまりな飲みっぷりに、多江がびっくりしているのが分かった。動きを止め、意外そうに目を見開いて、ビールを一気飲みする美佳を見ている。

「ふうー」

さすがに一息で全部は飲めなかった。

美佳はジョッキから口を放し、呼吸をととのえる。

「えっと、あの、美佳さ――」

「ごくごくごくごく」

「ああ……」

多江が気づかわしげに声をかけてきたが、飲まないことには話もできない。美佳はまたしても酒を手にとり、豪快な飲み方で今度こそジョッキを空にした。

「ぷっはー」

「……いえ、えっと……」

多江がとまどうのも無理はなかった。それはそうだろう。こんな自分は初めて見せる。

だが、見せたくて見せるわけではない。こうでもしなければ自分の背中を押せないから、恥をしのんで酔おうとしていた。

おかげで、早くも酩酊が始まった。

「あの……美佳さん……」

「……」

多江の声とその顔つきには、美佳を心配する色がにじんだ。カウンターの向こうから、表情を硬くして美佳に近づく。

「あの……なにかあった――」

「ひっく」

困惑したように問いかける女将に、しゃっくりで答えた。

お酒はそれほど強いほうではない。

そんな自分を知っているから、いつもはブレーキをかけながらこういう場にいた。

だが今夜ばかりは無礼講だと勘弁してもらおう。

「酔っぱらっちゃいました、多江さん。あはは。ひっく」

「だ……大丈夫ですか」

けらけらと笑ってみせると、多江は美佳を案じる顔つきになった。

商売柄、こういう場面は何度も体験しているかも知れない。しかしそれでも、美佳がここまでになるのは意外なのではないだろうか。

「平気です。っていうかあの、いきなりこんなことを聞いて申し訳ないんですけど」

またもしゃっくりが出そうになりながら、美佳はジョッキを脇にやり、磨《みが》きぬかれたカウンターに両手を載せた。

「多江さんって……俊平さん……栗野さんのこと、どう思ってますか」

「えっ」

やぶから棒の質問に、多江がまたしても目を見張る。

「な、なんですか、いきなり」

一気に張りつめた空気をやわらげようとするかのようだった。多江はぎこちなく笑い、カウンターの向こうで手を動かしだす。

どうやらお通しの準備を始めたようだ。美佳のぶしつけな問いに、当惑していることは明らかである。

「多江さん、お通しは後でいいです。質問に答えてください。ひっく」

美佳はそんな多江を制し、自分に向き直らせようとした。

いつ新しい客がやってこないとも限らない。与えられている時間は有限だと、言われなくても分かっていた。

「美佳さん……」

「俊平さんのこと、どう思ってますか。興味ないですか、あの人に。ひっく」

多分、今自分の目は、かなりとろんとしていることだろう。

そうでもなければ単刀直入に聞けないことを、いつにない大胆さで女将に問いただしている。

「あの……どうしてそんなこと、お聞きになるの」

じっと美佳ににらまれて、多江はおおいに動揺していた。

今日もきれいなこの女将は、艶々とした漆黒の髪をいつものように上品なアップにまとめている。

あらわになったうなじのあたりに指をやり、硬い顔つきで苦笑した。美佳の顔を見つめかえせず、楚々とした両目があちらへこちらへとせわしなく泳ぐ。

「理由は二つです」

美佳は片手を突きだし、指を二本立てた。

「ひとつ目は……私が俊平さんを好きになってしまったからです」

「えっ」

「二つ目は」

驚く多江に、間髪いれず矢継ぎ早に言う。動きを止めてこちらを見る美しい女将に、挑むように美佳は言った。

「俊平さん、ほんとは多江さんが好きなんじゃないかって感じているからです」

3

(会わないほうがいいんじゃないかな……)

心中でそうつぶやきながら、俊平が通りを歩いていたのはそれから数日後のことである。

定休日ではないはずなのに、美佳は仕事を休んだという。どうしても会いたいからと乞《こ》われ、むげに断ることはできなかった。

ギリギリのところで本番行為こそ回避したものの、合体に及ばなかったのだからあなたとはなんの関係もないと居直れるほど俊平は図太くない。

（とかなんとか言って、お前、また夢みたいな展開を期待してるんじゃないだろうな）

俊平は自分にツッコミを入れ、しっかりしろよと発破《はっぱ》をかける。

そうでもしなければ、あの可愛い未亡人の魅力に負け、ついフラフラと、これ以上足を踏みいれてはいけない世界に両足を突っこんでしまいそうだった。

（お前、美佳さんのことも可愛くなりはじめていないか）

千々に乱れる気持ちの中に、美佳を思うと甘酸っぱく胸を締めつけられる感情もあることに俊平は気づいた。

せつない気持ちを打ち明けられ、あんなことになってしまったのだからそうなることも当然かも知れない。

心には多江がありながら、自分なんかを望んでくれるなら、美佳の期待どおりになってしまってもよいのではないかと思いたくなる彼もいた。

(なんだか自分の気持ちがよく分からなくなってきたな……あっ)

「まあ……」

うつむき加減で歩いていたため、近くに来るまで気づかなかった。向こうの反応を見ると、どうやら相手も同じだったようだ。

「お、女将さん」

「こんにちは……」

駅前の繁華街へと続く裏通り。

民家や商店の並ぶその道でバッタリ出くわしたのは、多江である。

(おおお……)

いつもと違う女将の装いを目にして、俊平は浮きたった。

日ごろ目にする和服に割烹着という装いにもほれぼれとさせられたが、なんと今日は和装の喪服姿である。

(そう言えば……)

ようやく俊平は思いだした。

もうすぐ三回忌だとこの人も言っていたのだった。

「もしかして、ご法要でしたか」

俊平は多江に聞いた。

「あ、え、ええ」

いつも寡黙で、なにかと言えばはにかむようなしぐさを見せる人だったが、なんだか今日はそんな態度がいつも以上に強いようにも感じられる。

喪服に装った未亡人は長い睫毛《まつげ》を伏せ、いたたまれなさそうにした。

(きれいだ)

法要から戻ってきたばかりである多江の心中を思えば、間抜けで身勝手な感想以外のなにものでもない。だが、心からの感激とともにそう思ってしまったのは事実なのだから、しかたがなかった。

喪服姿の多江は、ふるえがくるほど色っぽく、しっとりとした魅力に富んでいる。濡れたような色香を強調する黒い着物は五つ紋つき。胸もとから少しだけ覗く半襟の白さがまぶしいほどである。

上品な光沢を放つ黒喪帯をキュッと締め、帯締めを巻いていた。

黒い草履《ぞうり》に白い足袋《たび》。深みのある草履の黒色がシックな分、足袋の白さと艶《なま》めかしさがこれまた鮮烈だ。

白い細指には、品のいい黒バッグを持っていた。

鳥の濡れ羽色をした髪は、今日もアップにまとめられている。うなじにもやつく後れ毛までもが、この未亡人のはかなげな美しさをいつにも増してアピールしている。

(ああ、多江さん)

つい今しがたまで、多江と美佳の間で揺れる気持ちになっていた自分はどこへやら。身悶えしたくなるような官能美を見せつけられ、俊平の心のメーターはやはり彼女に振りきられた。

「では……」

「あ。は、はい。お気をつけて」

結局、気の利いた言葉のひとつもかけてやれなかった。でくのぼうのように突っ立ってオロオロしていると、多江はつつましやかに会釈をし、俊平が来た方向へと立ち去ろうとする。

「俺ってば。なんて不様な……」

内股の挙措で遠ざかっていく未亡人を見送り、俊平は自分にがっかりした。

こういう偶然のチャンスをものにできないで、いったいどうやって、さらに彼女と親密になれるというのだ。

「それはともかく、なんだか今日は、いつもとちょっと雰囲気が違う気もしたけど」

決してぎこちなさが増してしまった言い訳ではなく、心に感じたことを俊平は口にした。

どういうわけか、いつもより多江との距離を感じたのは気のせいだろうか。

「おっと、いかんいかん」

腕時計で時間をたしかめ、ふたたび歩きだした。歩くスピードをあげ、美佳との待ちあわせ場所に急ごうとする。

自分の心にいるのは、やはり美佳ではなく多江だとあらためて確信した。

機会を与えてもらえるなら、今日はしっかりと、そのことを美佳に伝えなければと思った。

(俊平さん)

通りを小さくなっていく俊平をふり返り、喪服姿の多江はせつなく胸を締めつけられた。

おそらく美佳に会いにいくのではと、本能で察した。

『俊平さん、ほんとは多江さんが好きなんじゃないかって感じているからです』

多江の心の底を覗きこむようにして言った美佳を思いだした。

そのせつない胸の内とここまでのいきさつは、彼女自身からすべて聞いた。つらい日々を送っていたらしいことがよく分かった。大きなお世話だと言われそうだが、胸をいためた。しかし同時に、あのときから多江もまた、それまでと同じではいられなくなっていたのである。

だがそのことを知る者は、誰もいない。

俊平はとうとう走りだし、角を曲がって視界から消えた。

(俊平さん……)

それでも多江はなおもその場に立ちつくし、もう一度俊平の名前を呼んだ。

不覚にも、甘く胸を締めつけられた。

4

「やっぱりまずいよ……」

思いもよらない展開は、美佳とともに過ごすかぎりオマケのようについてくるのか。

俊平はあたりを見まわし、困惑を露わにして可憐な未亡人に言う。

「俺みたいなのと、こういうところに堂々と入るって言うのは、ちょっとどうなのかなあ……」

「俺みたいなのって？」

しかし美佳は意に介さない。大きなベッドの縁に座り、細い脚をブラブラさせながら目を丸くする。

「いや、だから」

あまりに無邪気な美佳にとまどいが増した。壁際のソファに座った俊平は、もう一度四方に目をやる。

「こういうラブホテルみたいな場所に、どこの馬の骨とも分からない男と昼日中《ひるひなか》から入るって言うのは……」

つい言い方が説教くさくなった。

偉そうなことが言える立場ではないのに、自分の方が年上だという矜持《きょうじ》があるのか。これからもこの街で生きていかなければならない美佳を思えば、どうしても言い方はきつくなる。

心配ばかりが先立った。

そう。

待ちあわせ場所で落ちあうなり、美佳は自分から俊平をここに連れてきた。

いけないいよ、こんなところはと尻ごみをしたが、美佳は「大丈夫。前に主人と入ったことだってあるし」と明るく言って、うろたえる俊平の手を引いた。

ラブホテルとしては、意外にシンプルな内装である。どこぞのシティホテルさながらのしゃれた雰囲気さえ漂わせている。

(亡くなった旦那さんの思い出に浸りたくて来たのかも知れないけど……)

俊平はそのことにも気づいていた。だが、だからといって軽い気持ちで、やはり自分はこんなところに来てはいけない。

そのことを、ついさっき彼は再認識したばかりである。

「どこの馬の骨か分からないわけじゃないもの」

すると俊平の言葉に、口をすぼめて美佳が反応した。

ベッドから降り、俊平に近づいてくる。ソファに座る彼の両手をとるや強く引っぱり、ベッドに戻る。

「俊平さんのこと、昨日や今日初めて知ったわけじゃないじゃないし」

俊平をベッドに座らせ、自分も隣に腰を下ろして美佳は言った。

その間ずっと俊平の手を握りながらである。俊平が手を引こうとすると、美佳はさらに強い力でギュッと握った。

「美佳さん」

「悪い人じゃないって分かるもん。二か月の間、ずっと見てきました。だ、だからなの。だから私……だからだから、もう自分の気持ち、抑えきれなくって――」

「あっ……」

美佳は言葉のとおり、今日も自制心がおぼつかないようだ。言葉尻を跳ねあがらせ、脇から俊平に抱きついてくる。

「ごめんなさい。だめなの。あんなことがあってから、私ずっと、俊平さんのことばっかり想ってる」

「いや、美佳さん。でも俺は――」

脳裏に多江が去来した。

ところが――。

「多江さんなら、期待してもむだだと思う」

「えっ」

いきなりその名を出され、俊平はフリーズした。

（い、今何て言った）

思わず美佳を見つめてしまう。

この人は今「多江さんのことなら思ってもむだ」と言ったのか。

「み、美佳さ――」

「分かってる。俊平さん、多江さんが好きなんでしょ」

細い両腕に力をこめ、全力で俊平を抱きすくめてきた。彼の二の腕にやわらかな頬を押しつけ、愛おしそうに頬ずりまでする。

「い、いや。あの」

「ごまかさなくていい。見てれば分かる。悲しいけど勘がいいの、私」

うろたえる俊平に、四の五の言わせないとでも言うかのようだった。美佳は脇から彼を見上げてくる。

「でも、多江さんは俊平さんには関心ないって」

「ええ……？」

心臓にブスリと剣を突きたてるようなことを言われ、俊平はたまらず聞きかえした。

つい声がふるえてしまう。

「嘘じゃないもん。多江さんに直接聞いたの。私、俊平さんのことを好きになってしまったって。その上で、多江さんの俊平さんへの気持ちが知りたいって。だって気づいちゃったから。俊平さんが多江さんに想いをよせてること」

「美佳さん」

「そうしたら、多江さん言ったの。俊平さんのことはなんとも思ってないって」

（ああ……）

「嘘じゃない。多江さんに聞いてもらってもいい。二人きりで話したの。でも多江さん、そう言ったの。だから俊平さん……可哀想だけど、多江さんのことを思っても無理なの」

「美佳さん……」

噛んで含めるような言い方で言い、美佳はなおも俊平を揺さぶった。

それどころか彼の股間に片手を伸ばし、デニムの上からやわやわと過敏な部分をまさぐりだす。

「おおお……」

「だから……ね。だから、だから……お願い、私を見てよう。好きになっちゃった。夫に似てるからって言うだけじゃないの。この前エッチをしてやっと分かった。私は俊平さんが好き」

せつない想いを全開にして、美佳は俊平に訴えた。横から見あげてくる大きな瞳は、ウルウルと今日もまた涙混じりになってきている。

「私を見て。好きなの、俊平さん。私、俊平さんとずっと一緒にいたい」

「み、美佳さん……」

「好きだよう。ねえ、甘えたい。俊平さんに甘えたい。甘えたい、甘えたい」

訴える声は、ついに涙声になった。

鼻をすすり、「うぅ、うぅ」とうめきながら、なおも可愛く、スリスリと美貌を擦りつけてくる。

(くうぅ……)

俊平は自分を持てあました。心も身体も理性のくびきから、今にも音を立てて解きはなたれてしまいそうだ。

(そういうことだったのか)

胸の奥が時とともにいっそう重くなるのを感じながら、同時に俊平はようやく納得してもいた。

先刻ばたりと会ったとき、多江はいつになくよそよそしかった。

その理由は、美佳との間に彼女の話したようなやりとりがあったからだろう。

俊平の気持ちは分かったものの、自分にはまったくそんな気はないため、どう接してよいのか判断に困ったのに違いない。

(こんなもんか、俺の人生)

すすり泣く美佳の体温と涙の湿りを腕に感じながら、苦い笑いがこみあげた。

まだ始まってもいなかった恋は、すでに終わりを迎えていた。男と女のどちらもが本気にならなければ、恋の炎は燃えあがらない。

「俊平さん。好きだよう。ねえ、して。して、して、して」

「うおおおっ、美佳さん！」

「うあああぁ」

可愛く求めてくる可憐な人を、とうとう俊平はベッドに押したおした。

なんだこの感情は。

なんだこの悲しさと昂ぶりは。

悲しみがどす黒く変質し、股間へと流れこんでいく。ペニスが膨張して硬度を増し、デニムの股間が破けそうなほど亀頭の形を盛りあげた。

ジーンズの下でジンジンと、亀頭が痛みを発している。

「イチャイチャしたいの、俺と」

「ああ、俊平さん。あああ……」

暴発してしまった激情は、もはや制御不能である。俊平は鼻息を荒くして、スレンダーな未亡人の肢体から着ているものをむしりとる。

「イ、イチャイチャしたい。俊平さんとイチャイチャしたい」

すると美佳もまた、前回以上に感情を露わにした。

俊平が服を脱がせやすいよう、自ら進んで身体を動かす。下着姿にひん剥《む》かれると、今度は彼の着ているものを脱がしだした。

5

「マ×コ舐めていい、美佳さん？」

こんな捨《す》て鉢《ばち》な気持ちで、彼女を抱いてはいけないとどこかでは分かっていた。

だが俊平は誰かを道連れにし、いやらしい行為にのめりこむことでしか、失恋の悲しみから逃れられなかった。

最後に残ったボクサーパンツをずり下ろされると、ビンビンに勃起した肉棒がブルンとしなって反りかえった。

「み、美佳さんじゃないもん。ねえ、この前みたいに呼びすてにして」

俊平の男根が早くもとんでもない状態になっていることに、美佳も気づいたようである。

チラチラと彼の股間に視線を向けつつ、美佳は自ら背中に手を回してブラジャーをはずす。

今日の下着は、ブラジャーもパンティも高級感あふれる漆黒のシルクだった。

黒いブラジャーが胸からはずれると、小ぶりながらも形のいい美乳がプリンのようにふるえながら露出した。

俊平の肉棒と同様、美佳の乳首もまた、浅ましいほど勃起していた。

「はぁはぁ。はぁはぁはぁ」

息を乱した美佳は、パンティも脱いで生まれたままの姿になる。俊平と間合いをとるように移動すると、媚びる顔つきで向き直った。

「うおお、み、美佳。あっ……」

美佳はねっとりとした目つきでこちらを見ながら、大胆に脚を開いた。今日もまた、生々しい淫汁まみれの牝肉が俊平の視線にさらされる。

「ああン、俊平さんといるとエッチな女になっちゃう。俊平さんがいけないの。全部、全部、俊平さんのせいなの」

「わあ……」

長い美脚をあられもないM字状にしてみせると、美佳は美貌を真っ赤にし、左右から伸ばした指を媚肉に近づけた。

白くて細い人さし指が、大陰唇の縁にそっと食いこむ。大陰唇は、とてもやわらかそうである。

「見たい、俊平さん？　はぁはぁ……」

早くも美佳は淫らな興奮に憑《つ》かれはじめていた。

ぬめ光る両目にいちだんと妖しいエロスが増す。

肉扉をぴたりと閉じた女陰からは、その内側がとんでもないことになっている様子か伝わった。

ねっとりとした濃い蜜が泡立ちながら滲みだしてくる。

「おお、美佳。ああ、エロい！」

こうなったら恥も外聞もあるものかと、俊平は開きなおった。

いやらしい体勢になった美佳を熱っぽいまなざしで見つめながら、膝立ちになり、天突く尖塔となった勃起ペニスを握りしめる。

「はぁはぁ……美佳。おおお……」

……しこしこ。しこしこしこ。

「ハアァン、ああ、俊平さんのエッチ。いやン、すごいことしてる。すごくいやらしいこと……うあああ……」

見せつけるように男根をしごき始めた俊平に、美佳はますます発情した。こみあげる劣情を持てあましたかのように身をよじり、ますます息を荒くして、魅入られたように怒張を凝視する。

「さあ、見せて、美佳。『くぱぁ』って言いながらオマ×コ開いて。はぁはぁ……」

俺は今、どんどん鬼畜の世界に堕《お》ちていると、どこかで人ごとのように自分を見ている俊平がいた。

だがもうサイは投げられた。

引き返すことなど、もはやどうあってもあり得ない。

「あぁん、く、くぱあってなに……」

オナニーをする俊平に当てられたように、美佳も尻上がりに官能を高め、息苦しさを募らせた。俊平を見あげる美麗な両目は、いつの間にか涙とは違うセクシーな潤みを示しだす。

「いいから、さあ、言いながらマ×コ開いて。ほら、美佳……美佳っ！」

決して人になど見せるべきではない、滑稽な自慰姿を堂々と見せながら、俊平は美佳をあおった。

すると美佳は、そんな俊平にあらがえない。

「うああ、しゅ、俊平さん。く、くく、くぱあぁぁ……」

……ニチャ。

「おおお、ああ、エロいよ、美佳！」

「ハアァン、俊平さん。恥ずかしいよう。うあああああ」

ついに美佳は細い指で女の扉をくつろげた。

男の情欲をそそる粘着音をひびかせて、未亡人の女陰は今夜もまた、卑猥な全貌を公開する。

ふつうに開けば、蓮の花のような形になるピンクの牝肉。

それが今は、横長の菱形《ひしがた》状になっていた。

大陰唇と小陰唇を突っぱらせ、つつましく隠していなければならない秘密の園を見せつける。

サーモンピンク湿地帯は、期待どおりもうドロドロだ。

菱形に広がる艶めかしい果肉いっぱいに、白濁混じりの汁がコーティングされていた。

菱形の下部に位置するくぼみからは、ネバネバした愛液が断続的に飛びだしてくる。

「うぅ。もういい？　俊平さん、もういい？」

自分で「見たい？」と挑発しておきながら、あまりの恥ずかしさにいたたまれなさがこみあげてきたらしい。

美佳は俊平から顔をそむけ、肉厚の朱唇を嚙みしめて彼に許しを得ようとした。

しかし俊平は許さない。

「ま、待って。オマ×コ、開きっぱなしにして」

上ずった声で言うと、ベッドから飛びおりた。壁際のソファに駆けよる。置いてあったバッグからスマホを取りだした。

「えっ。ちょ……俊平さん⁉」

「だめ。そのままだよ、美佳。やめないで！」

「で、でも」

「そのままだ！」

――パシャッ！

「ああ、いやあああ」

俊平がスマホを取りだしたときから、その先の展開に気づき、おののいたのかも知れなかった。

ふたたびベッドにあがってきた俊平に、美佳は美貌を引きつらせる。

だが彼の命令には逆らえなかった。自ら媚肉を広げたとんでもない姿で写真を撮られてしまう。

「いやあ、いやあ、こんなの恥ずかしい。撮らないで。こんな私、撮らないでぇえ」

「だめだ。オマ×コを広げたままでいて。ああ、いやらしい！」

――カシャッ！　パシャッ！

「あああ、いやあ。恥ずかしいよう。恥ずかしいよう。うあああ」

「はぁはぁ。はぁはぁはぁ」

――パシャッ、パシャッ！　パシャッ！

「あああああ」

俊平はフラッシュつきで、あられもないポーズを決める未亡人にシャッターを切った。

強い光が降りそそぎ、美佳の裸身を白くする。シャッターの光が消えると未亡人の裸は、さらに火照《ほて》って薄桃色を増していく。

俊平は、佐代子にせがまれてハメ撮りをした、あの夜の記憶をよみがえらせた。

美佳もまたこういうことが好きではないだろうか。

猥褻な好奇心に憑かれた俊平は、ちょっと試してみたくなる。

「さあ、舐めるよ、美佳。そらそらそら」

スマホをかまえたまま、美佳の股間にうずくまった。未亡人が広げたままの菱形の肉に、いきなりヌチョリと舌を突きたてれば――。

「あああああ」

美佳は恍惚の電流に脳天からつらぬかれる。全身を痙攣させ、女陰から指を離しかけた。

「だめだ。オマ×コ広げていて、美佳」

「でも。ああ、でもおおお」

「広げていなさい。んっんっ……」

……ピチャピチャ。れろれろ、れろん。

「うああ。アン。俊平さん。恥ずかしいよう。こんな。こんなあ。あああああ」

「はぁはぁはぁ」

俊平は美佳の淫肉にむしゃぶりつく自分と、自ら女陰を開いたまま、そんな彼を受けとめる未亡人をスマホのカメラで撮影した。

　菱形に広げられたピンクの牝肉に、めったやたらに舌を擦りつける。

「あああ。ああああああ」

　たしかに恥ずかしいのは事実だろう。

　だがやはり、快くもあるに違いない。舌でこじればこじるたび、美佳の喉からはとり乱したよがり声があがる。

　舌で責められるぬめり肉は、ヒクン、ヒクンと膣穴を蠢動《しゅんどう》させた。唾液より濃い粘り汁を、ドロリ、ドロドロとあふれ出させる。

「いや嘘、と、撮ってるの？　こんなとこ、まさか録画しているの？　あああああ」

　静止画像ではなく、いつの間にかビデオ機能に切りかえて撮影しているのだと、ようやく気づいたようである。

　美佳は可憐な美貌を引きつらせ、目を見開いて俊平に聞く。

「撮っているよ。全部撮ってる。ほんとは美佳がメチャャメチャャすけべだってこと、全部証拠に撮ってる。んっんっ……」

　……ピチャピチャ。れろん、ちゅぱ。

「あああ。そんな。そんなそんな」

「ほら、マ×コ、広げていて。閉じたら全部やめちゃうよ」

「うああ。いじわる。俊平さんのいじわああああ」

美佳はベッドに仰臥し、品のないガニ股姿のまま俊平の責めを受け入れた。

俊平は丸だしの媚肉にふるいつき、生々しい眺めを撮影しながら、怒濤《どとう》の勢いでワレメをこじり、陰核を舐めはじく。

「あああ。気持ちいい。いやン、クリトリス気持ちいいよう。あああ。ああああ」

いよいよ理性はどこかに吹っ飛びつつあった。ハレンチ極まりない大開脚ポーズのまま、美佳ははしたない悦《よろこ》びにどっぷりと溺れる。

白い喉からあふれだす淫声のトーンから、俊平はもうこの人が、どうしようもない状態になってきたことを察していた。

6

「はぁはぁ……オマ×コ気持ちいいかい、美佳。んっんっ……」

下品な音を立てて肉の裂け目を責め立てながら、俊平は言葉でも美佳を責めた。

「うああ。あああああ」

美佳はすべての音に濁点がついたようなよがり声をほとばしらせる。

いつもの彼女からは想像もつかない乱れっぷり。

絶え間なく身をよじり、背すじを浮かせたりベッドにたたきつけたりしつつ、さかんに髪を振り乱す。

汗のせいで、頬や額にべったりと髪が貼りついている。色白の裸身はさらに艶めかしく紅潮し、湯上がりのようになっていた。

「美佳、言いなさい。オマ×コ気持ちいい？」

……ピチャピチャピチャ。

「あおお。おおう、俊平さん。おおおう」

あえぐ声が「あ」から「お」に変わった。声質もさらに変化して、ズシリと重いひびきが増す。

「言いなさい、オマ×コ気持ちいい？　言わないとやめちゃうよ。んん？」

……ピチャピチャ。ピチャピチャピチャ。

「いやあ。やめないで。もっと舐めて。イキそうなの。イッちゃう。イッちゃうン」

どうやらクライマックスが近づいてきたようだ。

自らの指で開いた牝肉を、あろうことか美佳はカクカクと腰をしゃくって俊平の顔に押しつけてくる。

「——ぷはっ。だ、だったら言うんだ。オマ×コ気持ちいい、美佳？」

そんな美佳の牝肉にむせ返りながら、なおも俊平は責めた。

カメラを向けつつ恥裂を舐めしゃぶり、ぷっくりとふくらむクリ豆を舌で左右にビンビンとはじく。

「あああ。あああああ。俊平さん、もうだめ。私ほんとにおかしくなるうう」

「言いなさい。マ×コ気持ちいい。んん？」

「あああ。ああああああ」

「美佳！」

「き、気持ちいい。マ×コ気持ちいい。マ×コいいよう。いいよう。ああああああ」

(言った)

とうとう陥落した未亡人に、してやったりという心境になる。

美佳はもう少しで達しそうだ。このまま最後までやってやろうと、俊平はさらに舐めて責める。

……ピチャピチャピチャ。ピチャピチャピチャ！

「うああ。気持ちいいよう。気持ちいいよう。ああああああ」

「マ×コ気持ちいいかい、美佳。ち×ぽを挿《い》れたり出したりされるマ×コ気持ちいい？」

「ああ。気持ちいい。ち×ちん挿れたり出したりされるマ×コ気持ちいい。あああ」

もはや自分でもなにを言っているのか分からなくなってきているのかも知れない。

美佳は俊平にあおられるがまま、催眠術にでもかかったかのように、浅ましい卑語を口にする。

（いいぞいいぞ、さあ、もっと言わせてやる）

「マ×コいいんだな、美佳」

「マ×コいいよう。マ×コいいよう。あああああ」

「ち×ぽ挿れられて精子ピューピュー出されるマ×コ、舐められているんだね」

「うあああ。な、舐められてる。舐められてるよおう。ち、ち×ちん挿れられて精子ピューピュー出されるマ×コ。ち×ちん挿れられて精子ピューピュー出されるマ×コ。あああああ」

「み、美佳」

あまりにすごい声と身悶えかたに、さすがに俊平も息を呑んだ。

「あああ、もうだめ。もっと舐めてもらいたいのに我慢できないンン。イッちゃう。

イッちゃうイッちゃうイッちゃうイッちゃう。ああああ」

……ビクン、ビクン。

「おお、美佳……」

「おう。おう。おおおう……」

まさに脳天から稲妻にでも貫かれたかのようだった。オルガスムスを迎えた美佳は、派手に裸身を痙攣させる。

右へ左へと身をよじった。ガクガクと四肢をふるわせて、アクメの快美感にうちふるえる。

「お、おおう。おおおう。おう、おう」

(すごいイキっぷりだ)

美佳は奥歯を嚙みしめ、首筋を引きつらせて絶頂感に酔いしれた。

カチカチと歯の鳴る硬質な音がひびく。

ひくつく小鼻から熱い鼻息が漏れ、白目を剝きかけた両目の潤みが、キラキラと照明に反射する。

「ああ、美佳。いやらしい……」

これはお宝ものの光景だと、俊平はうっとりとした。

魚のように暴れる美佳にスマホのカメラを向け、禁断の眺めをあますところなく撮影する。

「い、いや……撮らないで……こんな私……おう……おおう……」

美佳はようやく少しだけ余裕を取りもどしたようだ。

まだなお自分にスマホが向けられていることに気づいて恥じらうが、それでも痙攣は止まらない。

見られることを恥じらうように、カメラに背を向け、丸くなった。

まん丸なヒップの谷間がバッチリとカメラにさらされる。

(あああ……)

俊平はたまらずペニスをしならせた。尻渓谷の最奥では、鳶《とび》色のアヌスがヒクヒクと開口と収縮をくり返していた。

(くう、もう我慢できない)

あまりにエロチックな絶景の連続に、とうとう俊平は忍耐の限度を超えた。

「おお、美佳。美佳っ!」

「あああん……」

丸くなっていた未亡人を強引に仰向けにさせた。

驚くように目を見開く美佳を見つめつつ、じっとりと汗ばんだ裸身に覆いかぶさって——。

「美佳。た、たまらない！」

「ハアァ、俊平さん。あっ——」

——ヌプヌプッ！

「あああああ」

いきり勃《た》つ肉棒を手にとり、美佳の肉穴に突き刺した。

これはまた、なんと狭隘な胎路であろう。その上期待していた以上に、ねっとり、たっぷりと潤んでいる。

「くぅう……」

——ヌプヌプヌプッ！

「うあああああ」

これは長くはもたないかもなと思いながら、根もとまで深く、美佳の淫口にペニスを埋めた。

美佳は獣のような声をあげ、俊平の体重をものともせず、彼を押しあげて背すじを浮かす。

「ぬう、美佳。ああ、美佳っ！」

……バツン、バツン。

「うああ。ああ、俊平さん。俊平さん、俊平さん。うあああ」

美佳の縦溝は奥の奥までぐっしょりと濡れ、俊平の肉棒に吸いついてくる。俊平は暴発の誘惑にかられつつ、カクカクと腰をしゃくった。

「ああああ。俊平さんのち×ちんが私の中に。うああ。うあああ。すごい奥まで。すごい奥まで。ああ、うれしいよう。うれしいよう。ああああ」

肌と肌とを密着させ、二人して性行為に耽溺する。

感激したらしい美佳は細い腕で俊平をかき抱き「もっと、もっと」とねだるかのように、動きにあわせて腰をしゃくった。

(き、気持ちいい！)

覚悟はしていたが、この肉園は相当に凶悪だ。男の我慢などあざ笑うかのように艶めかしく蠕動《ぜんどう》し、うずくペニスを締めつけては解放する。

とりわけたまらないのは、亀頭をムギュムギュとしぼりこまれる快《こころよ》さだ。

強烈にしめつけられるたび甘酸っぱさいっぱいの恍惚感がひらめき、反射的に肛門がすぼまる。

そんないやらしい動きのせいで、押しだされるようにカウパーがあふれた。

どぴゅっと飛びだした先走り汁が美佳の膣ヒダに粘りつく。俊平のカリ首はネチョネチョと、ぬめるヒダへと下品に粘液を塗りこんでいく。

7

「あっあっ。あああ。うあああああ。あぁン、俊平さん。いいよう。いいよう」

美佳は俊平を抱きすくめながら、自らも腰をしゃくって淫らな快感を享受した。

(美佳)

俊平はそんな美佳を、もっともっと辱《はずかし》め、かわいく乱れさせたくなる。

「ハァアン、俊平さん。ねえ、もっとして。なにもかも……なにもかも忘れさせて。ああ、もっと――」

『あおお。おおう、俊平さん。おおおう』

「えっ……」

突然大きな音で、撮影動画が再生された。いきなり顔の脇にスマホの画面を差しだされ、美佳は目を見開く。

「えっ……ええっ」

『言いなさい、オマ×コ気持ちいい？　言わないとやめちゃうよ。んん？』

ピチャピチャという生々しい音とともに、画面いっぱいに映る卑猥な性器を舐める俊平の舌が映しだされた。つい今しがたの自分を撮影した動画だと分かり、美佳は哀れなほど可愛い美貌を引きつらせた。

「い、いや。いやいやいや。こんなの見せないで。恥ずかしいよう――」

『あああ。あああああ。俊平さん、もうだめ。私ほんとにおかしくなるうう』

「いやあああ」

羞恥にふるえる現実の美佳を、動画の中の彼女がさらにはずかしめた。

誰はばかることなくとり乱した声をあげ、俊平に舐められる肉壺から、なにかが壊れてしまったかのように、ドロドロの蜜をニジュチュ、ブチュチュとあふれださせる。

『言いなさい。マ×コ気持ちいい。んん？』

「やめて。俊平さん、ビデオ止めて。ああ、こんなの見せられたら――」

『き、気持ちいい。マ×コ気持ちいい。マ×コいいよう。いいよう。あああああ』

「だめえええ。あっあっあっ。あっあっあっあっ」

「はぁはぁはぁ。ああ、美佳。美佳っ！」

淫らによがる自分の姿が、美佳にはこれ以上ないほどの媚薬になっていた。

口ではいやがって見せながら、もはやこの媚薬から逃れられない。髪を乱して画面から顔をそむけても、その目はチラチラとスマホに戻り、さらにギラギラと淫靡に瞳をきらめかせる。

『マ×コ気持ちいいかい、美佳。ち×ぽを挿れたり出したりされるマ×コ気持ちいい？』

「いやああ。ハァアン、俊平さん。俊平さん、俊平さん。俊平さあああん」

『ああ。気持ちいい。ち×ちん挿れたり出したりされるマ×コ気持ちいい。あああ』

「うああ。ああああああ。こんなの見せられたらおかしくなっちゃう。ほんとにおかしくなってきちゃったよおおう。あああああああ」

美佳は俊平に抱きついて、獣そのものの声をあげた。

感じているのだ。

恥ずかしいのは本当なのに、どうしようもなく乱れてしまうのだ。

「はぁはぁ。美佳……」

「おかしくなる。おかしくなっちゃう。こんなエッチなの見せられたら。あああああ」

『マ×コいいんだな、美佳』

『マ×コいいよう。マ×コいいよう。あああああ』

「あああ、私もマ×コいいよう、俊平さん。ち×ちん入ってる。大好きな俊平さんのち×ちんが。あああああ」

動画の中の猥褻な自分とシンクロし、現実の美佳も、上ずった声でいけない官能を言葉にする。

灼熱の裸身がさらに汗ばみ、毛穴という毛穴から新たな汗を噴きだした。甘い香りを放つ汗が潤滑油になり、俊平の肌と擦れてニチャニチャと、そこからも生々しい粘着音をひびかせる。

(ああ、エロい！)

自分でこの状況を作っておきながら、俊平も燃えあがるような興奮にかられていた。スマホの中でよがり泣く美佳はたまらなくセクシーだが、自分の陰茎に貫かれ、狂ったように吠える彼女は、それ以上の猥褻さだ。

『うあああ。な、舐められてる。舐められてるよおう』

ビデオの中の美佳が吠えた。

『ち×ちん挿れられて精子ピューピューピュー出されるマ×コ。ち×ちん挿れられて精子ピューピュー出されるマ×コ。あああああ』

「あああ、おがじぐなるううう」

『ち×ちん挿れられて精子ピューピュー出されるマ×コ。ち×ちん挿れられて精子ピューピュー出されるマ×コ。あああああ』

「――ひいいっ」

俊平はたくみに操作し、画面を数秒間だけ巻き戻す。

この可憐な人が口にしたとも思えないとんでもない言葉が、これでもかとばかりに、本人を責め立てる飛び道具と化す。

「やめで。やめでええ。こんなの恥ずかしくておがじぐなるうう」

『ち×ちん挿れられて精子ピューピュー出されるマ×コ。ち×ちん挿れられて精子ピューピュー出されるマ×コ』

「ああ、感じちゃう。マ×コ感じちゃう。マ×コ感じちゃう。うあああああ」

（もうだめだ！）

狂ったようによがり、カクカクと腰をしゃくる美佳に対して、俊平もまた激しく腰を振った。グチョグチョと生々しい汁音を立て、性器と性器が擦れあう。ヌメヌメしたヒダヒダと擦れあうカリ首から甘い火花が何度もまたたいた。ひと抜きごと、ひと挿しごとに射精衝動が膨張し、遠くから耳鳴りが大きくなってくる。

（イ、イクッ！）

『ち×ちん挿れられて精子ピューピュー出されるマ×コ。ち×ちん挿れられて精子ピューピュー出されるマ×コ』

「あああ。こんなの初めて。気持ちいいよう。気持ちいいよう。もうイッちゃう」

「おお、美佳……」

『ち×ちん挿れられて精子ピューピュー出されるマ×コ。ち×ちん挿れられて精子ピューピュー出されるマ×コ』

「イッちゃう。イッちゃうイッちゃうイッちゃうイッちゃう。あああああ」

「俺もイク……」

「ハアアン、俊平さん。あっあああああっ‼」

――びゅるる！　どぴゅどぴゅ、どぴぴぴっ！

（あああ……）

ついに俊平は絶頂に突きぬけた。脳髄を白濁させ、全身がペニスになったかのようなエクスタシーに酩酊する。

……ドクン、ドクン。

極太が脈動し、美佳の膣奥に我が物顔でザーメンを粘りつかせる。

「はうっ……あ、あああ……ハァアン、すごい……すごいの、あああ……」

「美佳……」

見れば美佳もまた、先ほど以上の高みに突きぬけていた。完全に白目を剝き、あうあうとあごをふるわせて、汗みずくの裸身を痙攣させる。

気を抜けばふり落とされてしまいそうだ。俊平はあらためて未亡人をかき抱き、なおも膣奥への精液注入を続けようとする。

「はぁはぁ……ああ、すごい……気持ちよかったよう……ハアァァ……」

「美佳……」

俊平の射精が終わっても、美佳の痙攣はなかなか終息しなかった。

それでも未亡人は幸せそうに俊平に抱きつき、彼の首すじにスリスリと美貌を擦りつけて甘える。

白い喉からは、満足げなため息がようやく漏れた。

第四章　はだけた着物

1

（雪……）

店の引き戸を開け、暖簾《のれん》をしまおうとした。

雪が降りはじめていたことに、ようやく多江は気づいた。

冷えこみの厳しい夜だった。

降るぞ降るぞと客たちみんなが騒いだが、誰もが店から消え去って、ようやく白いものが落ちはじめてきたようである。

「寒い……」

思わず身ぶるいするような寒気だ。多江は暖簾をはずし、店に入れる。引き戸を元に戻し、内側から鍵をかけた。

今夜は営業時間が、やけに長く感じられた。

昼間、三回忌の法要があったせいで疲れているのか。

おそらくそれも関係あるだろう。だがやはり、気がかりなことがあるせいで仕事に集中できなかったというのが正しい。

お客さんに悪いことをしたと、多江は心で常連に詫《わ》びた。

……コンコン。

(えっ)

そのときである。

鍵をかけたばかりの引き戸を、ひかえめにたたく音がした。

多江は驚いてふり返る。

格子戸の向こうに人影があった。

暖簾をしまったことは分かるはずなのに、いったい誰だろうといぶかった。

小走りに玄関に向かう。

鍵を開け、そっと引き戸をすべらせた。

「あっ……」

「すみません。もう終わってしまいましたか」

そこにいたのは、申し訳なさそうに恐縮する俊平だった。傘も差さずにここまで来たのか、コートの肩にも髪の毛にも白い雪があった。

「ど、どうなさったんですか」

狼狽した多江はとっさに聞いた。

「はあ。どうなさったと言われると……」

「あ……とにかくお入りください。さあ、早く」

多江の問いに、俊平は逡巡して表情を硬くした。いずれにしても、こんな状態の俊平を門前払いにはできない。多江は彼を招じ入れた。俊平は申しわけなさそうにしながら、頭を下げて入ってくる。

「お飲み物、どうされますか」

この寒さと俊平の様子を見れば、ビールはあり得ないのではないかと思ったが、多江は聞いた。

「えっと……まだいいんですか。ご迷惑じゃなかったですか」

俊平は気づかわしげに多江に言う。

「え、ええ。ちょうどみなさん帰られてしまったし、今夜はそろそろかなと思っていたんですが、お客様が来てくださったのならもちろんつづけます」

多江はそう言ってカウンターに入った。客が来てくれたからなのか、それが俊平だったからなのかは、正直答えに窮《きゅう》した。

今夜は、気を抜くと俊平と美佳のことばかり考えてしまっていた。

美佳と俊平は、今夜、もうどうしようもない仲へと関係を発展させてしまうのだろうかとせつなくなっていた。

俊平に対する気持ちを、数日前に美佳から問い質された。彼へのせつない恋心を自覚した直後のことだった。

――私、そんな気持ちはこれっぽっちも。

今にも泣きそうな顔つきで美佳に見つめられ、多江はそう言うしかなかった。

それは決して真実ではなかった。だが、十歳も年下の可愛い女性と張りあえるほど、多江は自信家ではない。たとえ美佳の言うとおり、俊平が心ひそかに思っていてくれたとしても。

亡き夫に似ているのだなどと言われたらなおさらである。

美佳さんのほうが俊平さんにはお似合い――ひがみ半分で、そう思ってしまう自分がいた。

多江はただ、心で俊平を意識するだけ。

美佳のように積極的になれるわけでもない自分には、やはり俊平は遠い世界の住人だった。

だから、そんな俊平がこのような夜ふけに訪ねてくれたことは、青天《せいてん》の霹靂《へきれき》以外のなにものでもない。

「女将さん、そろそろ店じまいだったんですか」

俊平はカウンターにかけて聞いてくる。

「ええ、まあ。でも、気になさらずに――」

「よかったら」

「……えっ？」

「あ、いや……よかったら、少し一緒に飲みませんか」

「えっ……」

気にしないでと言おうとすると、思いがけない誘いを受けた。

「だ、だめですかね。みんなの女将さんを、ひとり占めするようなことをしてしまっては」

答えにつまり、ぎこちない沈黙の間が空いた。空気の重さに耐えかねたか、俊平が自虐的なことを言う。

「いえ、そんな。あの、そうですね……」

多江はあわてて俊平に答え、なおもしばらく逡巡したが——。

「それじゃ……せっかくですから」

そう言って、酒とツマミのリクエストを聞いた。

(俊平さんと二人で……)

相変わらずの無表情でごまかしたが、早くも心臓が早鐘さながらに鳴りだしていた。

これはいったいどういう展開だ。

もしかして美佳となにかあったのだろうか。心は千々に乱れたが、多江はどうしたらよいのかまったく見当がつかなかった。

2

「ああ、旨い。暖まりますね」

こういう夜は、やはり燗酒がきくと俊平は思った。

食道を降りた熱い日本酒が胃袋に流れこむ。

じわり、じわりと胃壁に染みこんだ。身体がポッと温まり、ややあって、酒によるしびれが五臓六腑に広がっていく。

「風邪を引かないといいんですけど。タオル、もう一枚――」

「ああ、大丈夫です、もうほんとに。助かりました」

俊平は、ここまで傘も差さずに来た。

彼が雪まみれであることを案じた多江は、店の奥からタオルを持ってきて貸し与えた。おかげで俊平は、今はことのほか快適だ。

先ほどまで、本当は風邪だって覚悟していた。

だが、清潔なタオルと旨い燗酒、多江が急いでこしらえてくれた温かなツマミのおかげで、あっという間に暖かくなっている。

「女将さんも飲んでください。俺の奢《おご》りです。さあ」

俊平は徳利を手に、多江に酒を勧めた。

あまり強くはないという話だったが、それでも多江は水商売の女性らしく、いやがりもせずに猪口を手にとる。

じつに色っぽいしぐさだった。

「ありがとうございます。あ、そんなにたくさんは……」

「あはは。すみません」

「いただきます……」

「……」

俊平が猪口に酒を注ぐと、多江は恐縮したように目を閉じ、両手に持った猪口をかざす。朱唇を猪口の縁に近づけると、ほれぼれするほど楚々とした挙措で、上品に酒をかたむける。

二人以外誰もいなかった。

磨きぬかれたカウンターに、肩を並べて座っている。

まだ営業をしていると、勘違いをした客が迷いこんでこないようにと、玄関には鍵をかけていた。店の明かりもほとんど落とし、カウンターを照らすか細い明かりだけになっている。

(なにをやっているんだ、俺は)

多江が用意してくれた厚揚げ豆腐や地鶏の山椒《さんしょう》焼きに箸を伸ばし、旨い旨いとはしゃいでいた。

天気の話をしたり、自分の仕事について話したり、この横町のうんちくを多江から聞いたり、住人たちの噂話などをとりとめもなくした。

だが俊平は、そんな話をするために、わざわざこんな時間にここまで来たわけではない。

はっきり言って、美佳とのハードな行為のせいで、疲労の極みにあった。本当ならすぐにでもマンションに戻り、ベッドに倒れこんでしまいたいほどだ。

しかし今夜は、そうできなかった。美佳にかわいく手を振られ、彼女と別れるや、どうしても多江に会いたくなった。

美佳との関係は、もはや旅の恥はかき捨てなどではすまなくなりつつある。

相手が自分に本気であると分かった上で、とうとう身体までひとつに繋げてしまったのだ。

それなりの覚悟を、俊平はしていた。これほどまでに自分なんかを求めてくれるのならと、美佳の想いに感謝してもいる。

だがこの先、美佳とさらにしっかり結ばれるにしても、自分の想いにはけじめをつけておきたい。

うやむやにしたまま、なし崩し的に進むことだけはしたくなかった。

「もう一本、おつけしましょうか」

寒さのせいで、酔いが回るのが早かった。

多江もまた、客がいないせいなのか、今夜はいつになくリラックスしているように見える。

思いのほか酒を飲んでくれた。気づけば徳利が空になっている。女将はすすんで二本目を用意しようとしてくれた。

「お、女将さん」

椅子から降りようとした多江を俊平は制した。

「すみません。じつは俺、話があってここへ来ました」

「えっ……」

多江は目を大きくして俊平を見た。

(がんばれ、俺)

俊平は自らを鼓舞すると、隣の椅子に座りなおす未亡人に告白を始めた。

3

「お、俺……じつは……女将さんのことが大好きでした」

(まあ)

それはまさに、予想もしない告白だった。

多江は驚き、思わず口もとを両手で隠す。頭の中が真っ白になった。どうしてこんな告白を、この人は今ごろするのだろう。

「俊平さん」

「好きでした。もしかして……気がついていましたか」

「い、いえ」

それは決して嘘ではなかった。美佳には見抜けたらしいが、自分にはそんなことは分からない。

うぬぼれたくないという自制心のせいもあるかも知れない。美佳に指摘され、本気で多江は驚いた。

「もちろん、おそれ多くて告白なんてできませんでしたけどね。あはは」

俊平はおどけて、自虐的に笑った。そんな横顔を見て、多江は甘酸っぱく胸を締めつけられる。

なんて悲しそうな笑い方。

なんて無理やりな笑顔。

この人をこんなに悲しくさせているのは、ひょっとしてこの自分なのか。まさか。

「だって……玉砕するって分かりきっていましたし」

猪口の中には、まだ酒が残っていたようだ。俊平はつまんだ猪口を口もとに運び、クイッと酒を干す。

「しゅ、俊平さん……」

そんな。

どうしてそんな風に思うのですかと異を唱えたい自分がいた。

しかし多江はグッと気持ちを押し殺す。

「でも、告白しないでよかったです」

俊平は多江に横顔を向け、もう気持ちを切りかえたというように天を仰いで言った。

「えっ……？」

どうして、という思いをこめて多江は聞いた。すると俊平はこちらを向き、笑顔になって言う。

「美佳さんから聞きました。すごい人ですよね、あの人。そんなこと、ズバズバ聞いてしまって」

「あっ……」

——私、そんな気持ちはこれっぽっちも。

美佳に伝えたその言葉が、またしても脳裏によみがえる。

違う。違うんです。

私、本当は――。

身を乗りだし、思いを言葉にしたかった。だがどうしてもできない。

多江には分かっていた。

できるわけがない。なぜならばそれが私という女だから。

本当に言いたいことなどなにひとつ口にできず、作り笑いとため息だけで、きっとこの先も生きていく。

「俺……美佳さんとつきあうことになりそうです」

俊平は居ずまいをただし、折り目正しい口調で多江に告げた。

(ああ……)

その言葉を聞いたとたん、立っていた地面がいきなり消えたような感覚をおぼえる。

真っ暗な闇の中をどこまでも落ちていく自分を感じ、多江は途方に暮れた。

「美佳さんから……女将さんに聞いたけどって言われて、ようやく心の整理がつきました。でも、だからって自分の口でなにも言わないまま先に行くのは、やっぱりちょっと違う気がして」

「俊平さん……」

「好きでした、女将さん。いつでもドキドキしていました」

はにかんだ顔つきで俊平は言った。

「これをしっかりと言わないことには、やっぱり俺、終われなくて。あははは」

「うっ……」

多江は鼻の奥がツンとした。

この人が自分を想ってくれていただなんて、まったく気がつかなかった。

ばかな女。ばかな多江。

だが美佳のように魅力的な女性が相手では、勝負なんて最初からついている。

これでいい。これでいいの。あなた、夫を亡くしてまだ二年よ。

美佳を皮肉るつもりはなかったが、多江は心でそう思った。

（二年……）

法要のとき、久しぶりに思いだしたありし日の夫の姿が、またしても去来した。

職人気質の亡夫は、酔うと平気で暴力をふるった。彼に頬を張られて吹っ飛んだ、いくつもの記憶が脳裏をよぎる。

しかも夫は、女房を平手打ちするだけではあきたらず……。

今日はもういったい何度、同じことを思いだしているのだろう。酒さえ飲まなければ、真面目でおとなしい人だったのだ。

そのことは、決して忘れてはならない。

「ご、ごめんなさい」

俊平になんと反応してよいものか分からず、多江は会釈をして謝った。

「いやいや、そんな。謝らないでください」

俊平は多江の眼前で両手を振り、明るく笑う。

相変わらずの無理やりな笑顔である。多江は胸がつまった。

「や、やっぱり、もう一本おつけしますね。これは、私からのお祝いです」

そう言って椅子から降りる。徳利を手に持った。

「え、そうですか。あはは。ありがとうございます。そんな風に言っていただけるなら、毎晩告白しにこようかな。あはは。あはははは」

「………」

快活に笑う俊平は、やはり痛々しかった。

(ごめんなさい)

(だ、だめ。だめだめ)

多江は弱々しい微笑を返し、空の徳利を手に、カウンターを回ろうとした。

「ううっ……」

ところが、思いがけないことが起きた。

「えっ。お、女将さん」

驚いたらしい俊平が、硬い声をあげる。あわてて椅子から立ちあがったらしい。椅子の足が床を擦る音がした。

俊平がびっくりするのも無理はなかった。多江は自分で自分にとまどう。いったいどうしてしまったというのだ。どうしていきなりうずくまり、私は泣いてなどいるのだろう。

「女将さん、どうしました」

俊平が心配そうに駆けよってくる。

床にくずおれる多江のかたわらにしゃがみこんだ。

「な、なんでもありません。ごめんなさい」

「いや。なんでもないって言っても……」

「すみません。いやだ、私ったら……」

多江は立ちあがり、カウンターに入ろうとした。

泣かないで、ばか。

おとなの女がみっともない。落ちついて。お願いだから、落ちついて。

「うぅ……」

多江は恥ずかしくなった。三十六歳のいい歳をした女が、今度は立ったまま慟哭《どうこく》している。なんておろかなと情けなくなる。

「女将さん……」

そんな多江に困惑し、俊平はあたふたとした。多江は涙をふき、何度もかぶりを振る。

「違うんです。なんでもないの。ごめんなさい。わ、私、お話を聞いていたら、つい夫のことを――」

「ああ、女将さん！」

「きゃああ」

それは突然のことだった。せつない想いを満タンにして俊平が叫び、背後から多江に抱きついてきた。多江は思わず徳利を落とした。床に落ちた徳利が、コロコロと店の端まで転がっていく。

「しゅ、俊平さ――」

「女将さん。ああ、女将さん、女将さん、女将さん」

（あああ……）

後ろから手を回され、強い力で抱きすくめられた。なんだこの展開はと、情けないが頭がついていかない。

熱っぽく呼ばれ、かき抱《いだ》かれただけで、身体中の力が抜けていく。

しっかりしてと叫んでいる自分もいはするが、とろけてしまう。とろけてしまう。

どうしようもなく、多江は溶けていく。

4

（ああ、俺ってば……）

何をしているんだと、自分に突っこみたい気持ちは山とあった。

だが気がつけば、あふれ出す思いにあおられるがまま、俊平は愛しい未亡人に身も心もふるいついている。

泣きじゃくる多江を見て、感情を抑えきれなかった。

こんなことをするために来たわけでは断じてない。だが告白をしたことで、せつない思いがどうしようもなく暴走してしまう。

「ごめんなさい。旦那さんのことを思っているんですよね」

力のかぎり抱きしめながら、ふるえる声で謝罪した。俊平が締めつける腕の中で、多江が困惑したように身じろぎをする。

「あ、あの」

「ごめんなさい、そんなときに。でも……ああ、俺どうしよう」

「きゃっ」

色っぽさに当てられ、いつも目をそらしたうなじが目の前にあった。

その強烈な官能美に、見る見る理性をフリーズさせられる。

俊平は胸いっぱいにふくらむ思いにあらがえず、愛しい熟女を抱きしめたまま、白いうなじに接吻した。

「ああ、いや。俊平さん。なにを」

「分かっています。ごめんなさい。ごめんなさい。俺、こんなことをするつもりじゃ。ああ、でも……」

「きゃあああ」

……チュッチュ。ちゅぱ。ぢゅっ。

「あっあっ。いや。だめです、俊平さん。こんなことしちゃ。ああ……」

「どうしよう。どうしよう、俺……俺……んっんっ……」

「うあああ」

こらえようとしても、思いの奔流はいかんともしがたかった。最愛の女性の魔力は、俊平ごときの自制心ではどうやってもふり払えない。

(おかしくなりそうだ)

「女将さん」

本能的に手を伸ばす。わっしとつかんだのはたわわな乳房だ。

「ああ、なにをするの」

「ごめんなさい。でも、でも、ああ、女将さんのおっぱい……おっぱい!」

……もにゅもにゅ。もにゅ。

「いやあ。だめです。いけないわ、俊平さん、こんなことしちゃ。ああああ」

「おおお……」

うなじにキスをするだけでは到底おさまらなかった。

着物と割烹着越しでは、もの足りないことこの上ない。

しかしそれでも、多江の乳房をまさぐっていると思うと、燃えあがるような劣情の炎が音を立てて揺らめき、暴れる。

「あン、やめて、俊平さん、こんなことしちゃだめ。わ、私には夫……俊平さんには美佳さんが――」

「分かっています。言われなくても分かっているんです。でも」

先ほどから「でも」「でも」と、聞き分けの悪い駄々っ子そのものだ。

たしかに俊平は駄々っ子になっていた。誰に言われるまでもなく、今自分がしていることはいけないことだと分かっている。

しかしそれでも、この誘惑から逃れられない。

多江を抱きしめてしまっては、やはりいけなかったのだ。これほどまでの禁忌《きんき》な沼に、ズブズブと俊平ははまっていく。

……グニグニ。もにゅもにゅもにゅ。

「ああ、だめ。だめだめ。あああああ」

「はぁはぁ……女将さん、どうしよう。俺、ほんとにこんなつもりだったわけじゃ。でも……でも……ああ、我慢できない！」

「きゃあああ」

何だかんだと言いながら、これでは暴行もいいところではないかと恐ろしくなる。

小市民なはずの自分の中に、こんな魔物がひそんでいただなんて。

「俊平さん。そんな。あああ」

「ごめんなさい、女将さん。怪我してないですよね。はぁはぁ」

突然のことに驚く多江を引っぱった。力まかせに小上がりの畳に抱えあげ、自分は靴を脱ぎ、女将には草履を手早く脱がせる。

「しゅ、俊平さん。だめです。いけないわ。こんなことしちゃ」

卓をずらして隙間を作った。

そこに仰臥させるや、未亡人は血相を変え、なじるように俊平を見あげて言う。あわてて身体を起こそうとした。しかし俊平は両手でグイッと押しかえす。

「あああああ」

「分かっています。でも俺……やっぱり女将さんが好きで好きでたまらなくて……やっぱり、女将さんのことしか考えられなくて！」

「だめよ、だめ。やめて。許して。いや、だめだめ。脱がさないで。あああああ……」

「はぁはぁ。はぁはぁはぁはぁ」

乱れた二人の吐息が切迫した大気の中で絡まりあう。

いやがる熟女に有無を言わせず、割烹着をむしりとり、着物の帯も強引に解いた。

次第に多江の着物は衣服としての役割を放棄しはじめる。

乱れたまま熟れた身体にまつわりつくそれを、俊平は黄色い悲鳴ものともせず、下着の襦袢《じゅばん》ごとガバッとはだけさせた。

「いやあああ」

「うおお。女将さん！」

着物の合わせ目を左右に割ると、とうとう三十六歳の完熟の女体がさらされる。

まぶしいほど白いとは、まさにこのこと。新雪かと思う抜けるような白さを見せつけて、きめ細やかな美肌が露出する。

ブラジャーがたわわなおっぱいを包んでいる。下着の中で重たげにはずむ豊乳に、俊平の理性は完全に吹き飛ぶ。

「ああ、女将さん」

「あああああ」

暴れる多江の抵抗を封じ、両手をブラジャーに伸ばした。

「だめ。許して。これ以上はだめ。俊平さん、許して」

「俺もう、頭がボウッとなってしまって」

――ブルルルンッ！

「きゃあああ」

「ああ、たまらない。女将さんのおっぱい。おっぱい。もうだめだ！」

「うあああああ」

揉みあう内に、ついに俊平は女将からブラジャーを引きはがした。

そのとたん、皿に落ちたプリンのように、豊満なふくらみがたっぷたっぷとせわしなく揺れながら露わになる。

はちきれんばかりのボリュームは、佐代子といい勝負。Gカップ、九十センチぐらいはやはり楽にあるだろう。

小玉スイカを思わせる見事な巨乳だった。

ふくらんだ餅のような圧巻のまるみもいやらしければ、乳先をいろどる絶景にも、喉を締めつけられるようなエロスがある。

「女将さん。すごい乳輪！」

……ふにゅう。

「うあああ。だめ、さわらないで。俊平さん、さわってはだ――」

「女将さん、女将さん」

……もにゅもにゅ。もにゅもにゅもにゅもにゅ。

「あああ。揉まないで。揉んではだめ。揉んでは……ンハアァァ……」

「はぁはぁはぁ。だ、だって……ああ、乳輪エロい！」

冷静になって考えるなら、俊平の口からあふれだす言葉はすべてが間抜けだ。しかし、すべての言葉がしびれるような感動に裏打ちされている。真剣に多江の女体に感激するほどに、いやでも滑稽さが増してくるのだった。

たわわな乳房の先にあったのは、迫力たっぷりのデカ乳輪。

四センチか五センチはあるだろう見事な乳輪が、扇情的なまるみと大きさを見せつけて俊平を挑発した。

（しかも……この色！）

その迫力だけでなく、信じられない乳輪の色合いにもうっとりとしながら、俊平は乳を揉んだ。

まるで西洋人かと思うような艶めかしいピンク色。

ネットの動画などでいろいろな女性のおっぱいを鑑賞してきたが、ここまでのピンクは記憶にない。

桃色をした乳輪は、白い乳肌から鏡餅のようにこんもりと盛りあがっていた。

広い面積の中に、気泡のようなツブツブがいくつも浮かんでいる。そんな眺めも猥褻なら、中央に鎮座する乳首のまるみと半勃ちぶりもどえげつない。

「女将さん。たまりません。おかしくなりそうだ。んっ……」

俊平は片方の乳首にむしゃぶりついた。

「ああああ」

「はぁはぁ。んっんっんっ」

……ちゅうちゅう。れろれろ、れろ。

「あっあっあっ。な、舐めないで。ああン、そんな風に舐められたら。あああああ」

「女将さんの乳首。女将さんの乳首。信じられない。俺……女将さんにこんなことをしている！」

……ちゅぱ。ちゅぱちゅぱ。

「うああ。あああああ」

俊平は万感の思いに囚《とら》われながら美人女将の両乳首を責め立てた。

右と思えば今度は左。つづいてまた右、また左と、舐めしゃぶる乳首をせわしなく変えながら乳を揉む。

挑むようにふくらむ乳に、浅黒い指が食いこんだ。

ふたつの盛りあがりは身もふたもないほどいびつにひしゃげ、白い乳肌に俊平の指の痕《あと》がつく。

「女将さん、ち、乳首、ガチンガチンに勃起してきました。はぁはぁ……」

しつこく舐めれば舐めるほど、乳首はエロチックなしこり具合を増した。

キュッと締まった大ぶりな乳首が、まん丸な盛りあがりの先端にセクシーな突起を見せつける。

乳首はどちらも、唾液でベチョベチョになった。

サクランボにまぶされた蜂蜜さながらのネットリ感。濃い唾液が、乳のまるみを伝い流れる。

多江のおっぱいはやわらかかった。

しかもほどよい弾力感である。

「あアン、恥ずかしい。いやいや、そんなこと言わないで。にゅ、乳輪が大きいのもコンプレックスなんです。お願いだからもうやめてください。いやあ……」

さかんに乳房を揉みながらの乳首舐めに、着物を乱した美人女将は、その身をのたうたせてあらがった。

熟女が暴れれば暴れるほど着物の前ははだけ、とうとう腰から下も露わになってくる。

（ああ、すごいムチムチぶり！）

チラッと目にした下半身の肉質感に、俊平はますます息苦しくなった。もっちりした健康的な太腿にフルフルとさざ波が立っている。股のつけ根に吸いつくのは、ベージュの地味なパンティだ。

ベージュのパンティ。なんの変哲もない地味なパンティ。

だがそれがよかった。

必死に働く三十代なかばの女将には、なぜだか質素なパンティが似合った。

独断、あるいは偏見かも知れない。

だが俊平は、心からそう思っている。どこにでもあるような下着だからこそ、にじみだすエロスがあり、男心をそそるものがある。

その上、ベージュの下着をこんもりと盛りあげる肉土手のモリマンぶりはどうだ。ジューシーなやわらかみを感じさせる丘陵が、官能的なまるみをこれでもかとばかりに見せつける。

「おおお、女将さん。どうしよう、俺、スケベになってしまう！」

「きゃあああ」

俊平はますます浮きたった。こんなことをしたら、ただではすまないと分かっているのに、もはや自分を止められない。

一気に女体を下降した。

無理やり女将に脚を開かせ、股の間に陣どる。

暴れる両脚をすくいあげた。上品な挙措が身上の清楚な人を、見る影もないガニ股開きにおとしめる。

そして――。

「いやあ。やめてください。やめあああああ」

パニックになる熟女のパンティに思いきりふるいつく。

「はぁはぁ。女将さん。おかしくなりそうです。いや、もう俺、おかしくなってる！」

……スリスリ。スリスリスリスリ。

「あああ。いやあ。そんなところで頬ずりしないで。いやいやいやいや。あああああ」

こんもりと盛りあがる肉土手に、パンティ越しに頬ずりをした。ベージュの下着がカサカサと渇いた音を立てる。

生地がよれ、ところどころに皺がより、中身のモリマンがやわらかな弾力で俊平を悦ばせる。

（たまらない）

俊平は脳髄をしびれさせ、下品な行為に恍惚とした。

「やめてください。恥ずかしい。ああ、そんなことしたら。いやあ。ああああ」

（私ったら、な、なんて声を）

思いがけない俊平の求めに、多江はただただ困惑した。

こんな展開を受け入れてよいわけがない。俊平を愛する美佳を思えば、答えなど最初から決まっていた。

それなのに、ふいに背後から抱きすくめられたとたん、何もかも放棄して、俊平の好きにされてしまいたいと欲してしまう自分がいた。そんなことをしてしまったら明日からどうしてよいか分からないはずなのに、後先考えず俊平とどこまでも堕ちていきたくなる衝動に打ちふるえた。

（なんて女なの）

まさかここまで最低だとは思わなかった。

俊平と美佳は、すでに身体の関係を持ったはず。それなのに、自分なんかがそこに加わり、ことをややこしくしてはならない。

分かっている。

そんなことは分かっている。

だが多江は、さびしかった。とほうもない孤独にかられ、今にもつぶれてしまいそうだった。

(助けて。助けて)

未亡人は救いを求めた。

目の前のこの人に求めることは間違っている。だがほかに誰がいるというのだ。自分もいつしかこの人に、強く惹かれていた。

じわりと涙で視界がかすんだ。

いつかバチが当たると心から思った。

それでも多江は俊平を欲した。抱いてほしいと心から願った。

ごめんなさいと、心で美佳に謝りながら。

5

「おお、女将さん」

俊平は多江のパンティに両手を伸ばした。股間に吸いつく地味な下着に指をかけ、一気呵成にずり下ろす。

「きゃあああ」

……ズルッ。ズルズルズルッ。

「ああン、いや。脱がさないで。俊平さん、俊平さん。うぅ」

（な、泣かせてしまった）

見ればいつしか多江は、一重の瞳に涙をあふれさせ、嗚咽していた。

俊平、お前は陵辱者だ――そんな言葉が矢のように胸に突きささる。

そんな気がした。

しかしそれでも、もはや俊平は止まれない。

なにしろこの世で最愛の女性の、もっとも深遠な部分がとうとう目の下にまるだしになったのだ。

これで冷静でいられるなら、それは男ではないだろう。

「女将さん、ごめんなさい。大好きなんです。自分を抑えられない」

言いわけのように訴えながら、まるまった下着を下降させた。

「いや。だめです、だめえ。ああ……」

太腿から膝。膝からふくらはぎ、足首へとパンティを下ろし、両脚から完全に脱がせる。

「おお、女将さん！」

いよいよなにひとつ、さえぎるものはなくなった。そんな多江の股間の眺めに、衝きあげられるほどの劣情をおぼえる。

「いや。いやいや。見ないで。だめぇ……」

楚々とした美貌を涙で濡らし、多江は身をよじってまるまろうとした。

「そんなこと言わないで。見たいんです。見せて、見せて」

しかし俊平は許さない。横臥しようとした美女を、強い力で仰向けにさせた。多江は両手で股間を隠そうとする。

冗談ではない。隠されてなるものか。俊平は鼻息を荒げて両手を払い、ふたたび女将の脚首をつかむや――。

「いやあああ」

赤ん坊におしめを替えさせるような、あられもないV字開脚を強要する。

いつもしとやかな未亡人のこんな格好を見たら、それだけで精子を暴発してしまいそうである。

二つの太腿の間から大福餅みたいな肉土手がふにゅりとくびり出されていた。窮屈そうにひしゃげている。しかも、露わになった股のつけ根に見えるそれは、まさに圧巻の光景だ。

「うおお、女将さん。陰毛すごい！」

賛美する声は、ふるえてうわずった。まさか多江の股のつけ根に、このような絶景を見ることができるとは。

「いやああ。恥ずかしい。見ないで。見ちゃだめ。きゃあああ」

恥じらう女将は必死で身をよじろうとする。

だが、それは殺生《せっしょう》というものだ。

こんな眺めを見てしまったら、もはや俊平は理性を消失させ、鼻息を荒げるしかない。

剛毛だった。

信じられない剛毛が、やわらかそうな秘丘をビッシリと覆っている。

万事ひかえめで、つつましやかな人である。そんな美女のヴィーナスの丘が、よもやマングローブの森だったなんて。

（もうだめだ。もうだめだ！）

清楚な美貌と完熟の女体。

その時点ですでに鬼に金棒なのに、その上、デカ乳輪と剛毛繁茂。ああ、神さま。あなたはなんと罪作りな創造主なのですか。

「女将さん。俺、もうたまらないです」

「きゃあああ」

大胆なV字開脚から、容赦ないM字姿へとさらにはずかしめた。肉付きのよい二本の脚が胴体の真横に並ぶほど、両手で脚を開かせる。

「いや。いやです。いやいや。やめてえええ。あああ……」

（おおお……）

そんな不自然な格好のせいで、せりだすように肉土手がググッと接近した。こんもりと盛りあがるジューシーな丘陵がまるみを強調していく。

その上、俊平はとうとう見た。

陰毛の下にひかえていた、多江の究極のその部分を。

蓮の花状に開花したワレメは、かなり小さなものに見える。秘毛の生え方が豪快な分、それとの対比が生々しい。

肉厚のビラビラが大陰唇を押しのけ、左右に広がっていた。

ラビアの縁は鳶色だ。肉厚の質感を見せつけて、百合の花のように外側にまるまっている。

露わになった牝園は、生々しさあふれるローズピンク。ねっとりとした液体でくまなくコーティングされ、膣穴のくぼみがヒクヒクと、恥ずかしそうに穴を広げたり閉じたりする。

（いやらしい。それにこのクリ豆！）

俊平はぐびっと唾を呑んだ。

ワレメの上で鎮座するクリトリスも、言うに言えない女のせつなさを感じさせる。

包皮から半分ほどズル剝けになっていた。

飛びだした陰核は深いピンク色。

いかにもパンパンに張りつめて、女一人で生きてきた悲しさを、ぬめる肉真珠のふるえが伝えてくる。

「す、すごい。すごいすごい。ああ、興奮する」

身悶えしたくなるとは、まさにこのことだ。

俊平は、いやがる未亡人のむちむち美脚を力任せに開かせたまま、賛嘆の声をうわずらせる。

「いやあ、見ないで。シャワー……シャワーも浴びてない――」

「かまいません。俺の舌がシャワーです。んっ……」

ついに目の当たりにできた愛しの女陰に、むしゃぶりつかずにはいられなかった。口をすぼめる。

肉厚の朱唇を奪うかのように、ヌメヌメしたワレメに口づけた。

……チュッ。

「うあああああ」

(えっ)

俊平はギョッとした。性器にキスをするやいなや、女将の喉からは想像もしなかった淫声がはじける。

「お、女将さん……感じるんですね」

もしかしたらこの人も、楚々とした雰囲気とは裏腹に敏感な肉体の持ち主なのか。それとも夫を失ってからの禁欲生活で、人知れず欲求不満を募らせていたか。

「ち、違います。私はそんな……ああ、そんな――」

「恥ずかしがらないで。いいんです。好きなだけ感じてください。お、女将さん。どうしよう。愛してる。俺やっぱり、女将さんが好きです」

……れろん。

「あああああ」

（ああ、すごい声）

今度は舌を飛びださせ、肉粘膜をひと舐めした。

ぬめる肉園をえぐり、オマケとばかりにクリ豆を舐めあげれば、多江は一度目以上にとり乱した声をあげ、畳の上で尻を浮かせる。

「い、いやらしい。女将さんがこんなに感じてくれるなんて」

決してからかうつもりはなかった。

心からの思いである。

しかし多江は美貌を引きつらせ、いやいやとかぶりを振った。涙のしずくが目からちぎれ、右へ左へと飛びちっていく。

「違います。私いつもはこんなじゃ……違うんです。こんな……こんな――」

「いいんです。感じてください。いっぱい舐めてあげますから。んっ……」

……ピチャ。

「うあああ。ああ、俊平さん。いけません。だめだめ。あああああ」

「はぁはぁ。はぁはぁはぁ」

女将の反応を見るかぎり、発情しはじめていることは火を見るよりも明らかだ。現に股間のぬめり肉を舐めたり、キスしたり、舌でえぐったりすればするほど、多江のよがりかたは激しさを増し、いつもと違う彼女を見せてくれる。

しかしそれでも、多江は本気でいやがった。

無理もない。

俊平がしていることは道理にもとる。

そもそも彼は、美佳とつきあうことにしたから自分の気持ちに一区切りつけるため、ここを訪ねたはずだった。

それなのに——。

「そ、そんなこと言わないで。女将さん、俺、やっぱり自分を抑えられません。あ、ああ、愛してる」

言ってはいけない言葉を口にした。

愛しの熟女の媚肉を舐めしゃぶる。

「うあああ。ああああああ」

(すごい声)

やはり多江は感じていた。口では反対のことを言いながらも、俊平が舌を躍らせ、愛をこめて舐めれば舐めるほど、ピンクの肉穴はヒクヒクとうれしそうに開口と収縮をくり返す。

煮こみに煮こんだ濃い汁を、ドロリ、ドロドロと小さな穴から噴きださせた。だがそれでもやはり、多江は簡単に堕ちてはくれない。

「だめ。そんなことを言ってはだめ。美佳さんになんて言うんですか。こんなことをしたら美佳さんが悲しみます。やめてください。やめて。やめて。あああああ」

「き、気持ちいいんでしょ。気持ちいいって言ってください。んっんっんっ」

……ピチャピチャピチャ。れろれろ、れろ。

「うあああ。俊平さん。困る、困る。あああああ」

なんとしても多江を堕としたくて、俊平は身勝手な獣になった。めったやたらに舌を躍らせ、牝溝をこじって肉穴のとば口をグリグリとやる。

そうかと思えば、肉莢《にくざや》から完全に牝芽をむいた。まるだしの陰核を口中にすりこみ、舌と口腔粘膜で、舐めてはじいてころころと転がす。

「あああ。ああ、そんなことしたら。ああああああ」

多江はもう半狂乱である。

淫蛇のようにその身をのたうたせ、官能的な声をあげる。ズリッ、ズリッと畳をずり、ついには頭が壁につき、変な角度に小顔が曲がりだす。

「だめえ。俊平さん。だめです。だめえ。あああああ」

「ああ、女将さん。お願いです。気持ちいいって言ってください。どうか俺の気持ち……俺の気持ち――」

――ガッシャアアン！

（えっ）

そのときだった。

突然背後でけたたましい音がする。俊平はギョッとして、多江の股間から上体を起こした。

「きゃあああ」

つづいてあがったのは、多江の悲鳴だ。飛びおきた女将はあわてて着物をかきあわせ、濡れはじめていた女体を隠そうとする。

「――っ。美佳さん！」

俊平は唖然としてその人を見た。カウンターの向こうに、青ざめた顔をして美佳がいた。

白い雪が髪の毛や肩に降りていた。

信じられないものでも見ているように目を見開き、わなわなと唇をふるわせる。

調理スペースに置かれていたボウルかなにかが落ち、立てた音だったか。いきなり俊平と多江の世界に乱入してきた美佳は――。

「あっ、美佳さん」

くるりときびすを返し、ふたたび消えた。乱れた髪から散った雪が、か細い明かりを受けて光る。

カウンターの奥にある扉から、美佳は小さな倉庫として使っているという空間に駆け去った。

「お、追いかけて」

突然のことに固まってしまった俊平に、背後から多江が叫んだ。

俊平は多江をふり返る。

多江はまたも叫んだ。

「すぐに追いかけて。早く。早くしてください、俊平さん」

第五章　今夜ひとつに

1

「もうどうでもいい……」

拭っても拭っても、涙があとからあふれだした。

駅の方角ではなく、この市を縦に走る幹線道路へと美佳は駆けた。

もしかしたら、今夜は積もるかも知れない。大粒の雪が天から降り、少しずつ道路を白くしている。

「ひくっ。えぐっ」

子供のように泣きじゃくった。

死んでもいいと、これほど強く思ったことはない。

つい数時間前、汗みずくで抱きあった愛しい人の裏切りは、もう再起不能ではない

かと思うほど、美佳をたたきのめした。

　だが正直に言うならば———。

（やっぱり無理だったのよ、私じゃ、ひぐっ）

　心のどこかでは、こんな未来を予想してもいた。決して意外すぎる光景を目にした

のではないことも、彼女は悲しかった。

　ホテルでたっぷりと愛しあったのに、俊平と別れてからも、彼を慕う気持ちを抑え

られなかった。

　一度は家に戻り、何度もためらった。

　だがやはり、どうしても多江に会わなければ眠ることもできないと考えた美佳は、

ふたたび外出用の服に着替え、雪の街に飛びだした。

　もしかしたら間に合わないかも知れなかった。多江が店を閉める時刻はその日によ

って違う。客さえいればサービスで店を開けておくこともあったが、早めに明かりを

落とすこともある。

　だから、運がよければあいているし、そうではないのなら無駄足になる可能性があ

った。だがそれでも、美佳はじっとしていられなかった。多江の店を訪ね、こう言い

たかった。

――俊平さんと正式につきあいたいと思っています。彼といっしょに東京に行ってもいい。私、本気です。

そしてその上で、こうも言っただろう。

――お願いです、多江さん。あの人の心の中には、まだ多江さんがいます。分かるの。だからお願い。あの人からどう言われても、どうか私に譲ってください。

そう。

美佳には分かっていた。いまだ俊平の中には、多江に対する恋の残り火が依然としてあるということを。

そしてさらに言うならば、多江もまた俊平のことを憎からず思い、そんな自分にとまどっていることも。

多江の本音に気づいたのは、先日、小料理屋で自分の想いを打ち明けたときだった。女将はそんな気はないと断言したが、恋する美佳はことのほか敏感だった。

多江の気持ちに気づかなかったふりをして俊平と会い、今度こそしっかりと彼のものになった。

だが強く身体で結ばれても――いや、身体だけは強く結ばれたからこそ、決定的に欠けているものがあることに、美佳は恐怖をおぼえた。

だから早めに手を打とうとした。

しかしときすでに遅しだったのだ。まさか俊平が、自分と別れたその足で多江を訪ねるとは思いもしなかった。

店の中に、なにやら不穏な気配を感じた。すでに玄関の引き戸は閉まっているのに、店内にはか細い明かりがあり、無人に思えない。

寒さに凍えそうになりながら、店の裏手に回った。

試しに勝手口のドアノブを回す。

開いていた。

美佳はおびえながらも、ドアを開いた。

だが、そこでやめておけばよかったのだ。

恐怖心に耐えきれず、足を踏みいれてはいけない世界に足を踏みいれたことで、ついに美佳は、残酷な現実に直面した。

「もうどうでもいい……」

気づけば美佳は、夜ふけの幹線道路にたどりついていた。

さすがにここは、こんな時間になっても交通量がある。

雪の降る中、大型トラックが次々と、制限速度など知ったことかという猛スピードで、地響きを立てて行きかかっていた。

「俊平さん」

こんなときでも、脳裏に蘇《よみがえ》るのは俊平の穏やかな笑顔だった。

まさかこんなことになるなんて。

しかしもう、戻れる場所などこの世のどこにもない。

「さようなら……」

声をふるわせ、別れを告げた。大型トラックが、まぶしいほどのライトを光らせ、轟音を立てて近づいてくる。

「好きだった。ほんとよ」

頭の中いっぱいに浮かぶ俊平に、もう一度語りかけた。

分かってくれたのか、適当なのか、妄想の中の俊平はうんうんとうなずき、美佳に笑いかけた。

「大好き……」

そう言って、美佳は唇を噛んだ。

トラックのライトが接近する。

照らされた雪のひとつひとつがキラキラと光った。

いやな予感を感じたか、トラックがクラクションを鳴らす。しかし美佳はひるまない。急接近するトラックに、ギュッと目を閉じ、飛びこもうとした。

「危ない！」

「きゃあああ」

そのとき、うしろから強い力で引っぱられた。バランスをくずした美佳は悲鳴をあげ、仰向けに転倒する。

誰かがうしろで彼女を守った。倒れこむ美佳といっしょに歩道に転がり、自らクッションになってくれる。

「へ、平気、美佳さん？」

背後から抱きすくめ、声を硬くしてその人は聞いた。誰なのか考えるまでもない。

反射的に、ますます涙腺が崩壊する。

「俊平さん。ううっ」

「ごめんなさい。美佳さん、ほんとにごめんなさい」

「うわーん」

俊平に体重を預けたまま、美佳は火が点《つ》いたように泣きだした。

ばかな私。みじめな私。

全部全部、俊平さんがいけないの。あの人にそっくりだったから。しかもただそれだけではなく、あまりに魅力的だから。

「美佳さん、ごめん。俺、美佳さんを傷つけた。なにも言いわけできない。ひどい男です。最低の男です。でも……でも……俺やっぱり――」

「うわ――ん」

あらためて聞くまでもなかった。

先ほど目にした光景が、すべてを雄弁に物語っている。

悔しい。大好き。

「俊平さんなんて大嫌い」

子供のように泣きじゃくって、美佳は言った。

駄々っ子になり、左右のかかとをバタバタとアスファルトにたたきつける。あおられた雪の粒があわただしく舞った。

「美佳さん……」

大好き、大好き、大好き。

「大嫌い、大嫌い、大嫌い。あーん」

理性のたががはずれ、悲しみが暴走した。

このところ情緒不安定だったが、これほどまでに感情を爆発させるのは、生まれて初めてかも知れない。

(多江さん)

美佳は気づいた。

雪の向こうに、多江がいる。

泣いていた。

両手を口に当て、夜目にもそうと分かるほどボロボロと涙を流している。

美佳は暴れた。俊平の腕の中で。

身も世もなく泣きじゃくり、すべてを雪と涙に乗せて流そうとした。

2

寒い日が続いていた。

しかし季節は、すでに春。見知らぬ通りのそこここを、春の訪れを祝うかのように満開の桜がいろどっていた。

（なんかドキドキする）

ことここに至っても、いまだに現実感が希薄であった。

あこがれの未亡人と、こんな風情のある旅館に投宿できる日が来るなんて、あのころは思いもしなかった。

俊平は一人で客室にいた。

十二畳はあるだろう。高級感あふれる和の空間。

予約をとるのも難しいという隠れ家的な老舗旅館は、Q市から車で一時間ほど離れた山の中——温泉街の高台にあった。

天の助けを得たかのように、俊平は露店風呂つきの客室をリザーブすることに成功した。多江は恥じらい、あらためて美佳に申し訳ながりながらも、最終的には俊平の誘いを受け入れ、いっしょにここまで来てくれた。

もちろん、初めての旅行。

さらに言うなら、いよいよ今夜、俊平は多江の女体にあの夜以来、溺れようとしている。

思いがけない事件となった雪の夜から、二か月が経っていた。

Q市役所の人事管理システム総入れ替えプロジェクトは無事に工完し、お役御免となった俊平は、Q市を離れて東京に戻った。

だが、身体は横町を離れても、心はそのままだ。多江と離れて暮らすことなど、もう考えられなかった。

自分の気持ちは、とっくに未亡人に伝えていた。返事を聞かせてほしいと小旅行に誘った。その気がないなら、旅行自体断ってくれと。

その結果、今こうして、俊平は多江とここにいる。

女将はまだ、はっきりと答えてくれてはいなかったが、俊平との旅を承諾してくれた時点で、すでに気持ちは示していた。

俊平は浮きたつ気分で東京からQ市に戻った。店を休んだ多江を伴い、ローカル電車とタクシーを乗り継いでここまで来た。

その間ずっと、多江は寡黙だった。

それが彼女だと言えば、まったくそのとおり。美佳への申し訳なさを感じてだったとしても、やはり、それが彼女だった。

美佳とはすでに、しっかりと話を終えていた。俊平は自分の非を心から詫び、それでもどうしても多江を忘れられないのだと美佳に告げた。

美佳のことも決してきらいではない。だが、どうか許してほしいと謝罪すると、美佳はあの夜自分を助けようとしてくれた俊平に感謝しつつ、彼をあきらめることを涙ながらに誓い、二人を祝福してくれたのだった。

(――っ。来た)

床に延べられた布団に横になり、考えごとにふけっていた。

夕食はとっくに終わり、広縁の向こうにある露天風呂にも、多江に乞われて彼女より先に入っていた。

先ほどからずっと、多江が風呂から上がるのを待っていた。

せっかくの貸切風呂。それなのに、いっしょに入れないのはさびしかったが、まだ混浴ができる関係ではない。

「ごめんなさい。湯冷めしていませんか」

浴衣姿の未亡人が、浴室とへだてた引き戸を開け、姿を現した。

(おおお……)

布団に起きた俊平は心で嘆声を零《こぼ》す。

湯上がり熟女を感無量な思いでうっとりと見た。

(髪の毛が……)

新鮮な感動に打ちふるえる。

露天の風呂を堪能し終えた未亡人は、いつもアップにまとめている黒髪を解いて俊平の前に現れた。

たしかに多江だった。

だが別人のようにも見えた。

髪を解いただけでこれほどまでに雰囲気が変わる女性という生き物を、俊平は今さらのように賞賛したくなる。

烏の濡れ羽色をした髪は、背中までとどくストレート。サラサラとした髪が、背中で艶めかしく毛先を揺らした。

卵形をした小顔の白さと、髪の黒さのコントラストも鮮烈だ。

いつも漂わせている楚々とした美しさではなく、官能美とでも言いたくなる艶めかしさを振りまいている。

「大丈夫ですか。風邪引かないでくださいね」

「は、はい。大丈夫です」

多江は俊平を気づかいながら、使ったタオルをタオル掛けに干した。俊平が掛けていた分もきれいに干し直し、二枚のタオルを仲よく並べる。

「ほんとは、逃げだしたくなるぐらい恥ずかしいです」

浴衣によそおった未亡人は、布団の脇の畳に端座した。

二つ並べて敷かれた布団にはあがらない。

「そ、そんな」

俊平はあわてて立ちあがり、場所を変えた。布団から下り、未亡人と向きあう形で自分も畳に正座をする。

「………」

「………」

二人して向きあい、どちらもぎこちなく目を泳がせた。心臓が早鐘さながらに脈打つ。緊張のあまり、湯上がりの身体がしびれてくる。

上目づかいに、多江がこちらを見た。目があった俊平は、さらに顔が熱くなる。

「美佳さんに申し訳ないです、ほんとの気持ちを言うと」

やがて、いたたまれなさそうに多江は言った。

俊平はそんな熟女を見る。

「私なんかが、あんな可愛い人よりほんとに――」

「女将さんじゃなきゃだめなんです」

思わず膝を進めて、俊平は言った。

「俊平さん……」

「だめなんです。女将さんじゃなきゃ。だからもうそんなこと言わないで。美佳さんには悪いと思っています。けど、この気持ちはどうしようもないんです」

訴えるように言うと、俊平は両手を畳について頭を下げた。

「つきあってください。もちろん結婚前提で。俺、一所懸命やります。女将さんに、この人ならって思ってもらえるように。お願いです、チャンスをください」

「しゅ、俊平さん」

「お願いです。愛しています。亡くなったご主人には悪いけれど」

長い沈黙が二人を支配した。畳に額を擦りつけるようにしていた俊平は、逡巡する多江の様子を気配で察した。

やがて――。

「ふつつかものですが」

緊張した声が上から降りそそいだ。

頭を上げると、三つ指をついた未亡人はしとやかな挙措で俊平に頭を下げる。

「私なんかでほんとにいいのなら、よろしくお願いします」

「女将さん……」

「一所懸命やります」

頭を下げたまま、多江は声をふるわせた。

顔をあげ、涙に潤んだ目で俊平を見た。

「俊平さんに……多江でよかったって、心から思ってもらえるように」

「ああ……」

「してください。俊平さんのものに」

細めた両目が艶めかしく揺れた。

「俊平さんの女に……してください」

3

「あぁン、俊平さん……んっ……」

「女将さん……はぁはぁ……女将さん……んっんっ……」

……チュッチュ。チュウ、チュバ。

部屋の明かりを落とし、闇を味方にした。

互いの気持ちを確認しあった二人に、もはや言葉は必要ない。

ほどよく空調が効いていた。桜の季節になったとは言え、この地方は夜ともなるとまだまだ冷えこみが強い。

きれいに敷かれた布団に横たわり、裸になってもつれあった。とろけるような甘いキスに、一緒になってどっぷりと溺れる。

「信じられない……やっと……やっと……女将さんとキスを……んっ……」

「んああ、しゅ、俊平さん。んっんっ……」

「舌ください……舌……出せますか……」

「ハアン……こ、こう、ですか……」

「おおお……」

……ピチャピチャ。

(ああ、ち×ぽにキュンと来る！)

多江が恥ずかしそうに差しだした舌に、おのれの舌をからませた。

二人してはしたないベロチューにひたれば、うずくような快美感が股間の一物《いちもつ》を襲撃する。

ペニスは早くもビンビンになっていた。闇の奥で待っている薄桃色の時間を思えば、いきり勃《た》つペニスは期待にはやり、早くもドクドクと、空砲でも撃つかのように脈動する。

つい先ほど、多江は俊平の股間に気づき、驚いたように目をそらした。思いがけない巨根にうろたえ、オロオロとしている姿が年上なのに愛らしかった。

「はぁはぁ……んっんっ……俊平さん……俊平さん……」

淫らな行為に耽《ふけ》りだしたことで、多江もおのれを解放しはじめたか。

固い鎧《よろい》の奥に封印していた素顔をさらけだし、男に獣として扱われる特別な時間に、心をふるわせてのめりこんでいく。

「き、気持ちいいですか、女将さん。ベロチュー……俺は、女将さんと舌を擦りあわせるだけで、ち×ぽにキュンキュン来ます。んっんっ……」

……ピチャピチャ。ちゅぱ。

「んはぁ、そんなこと言わないで……んっんっ……俊平さん……俊平さん……」

「ああ、女将さん……こ、この間の続きがしたいです……」

「……えっ」

「いいですよね。あの続きからしても」

「あっ」

俊平はいきなり下降した。

多江に脚を開かせる。強引に股の間に陣どるや、今夜もまた、いとしい人を身もふたもないガニ股にする。

……ガバッ！

「うあああ。はぁぁン、俊平さ……あああああっ」

「おお、女将さん。いやらしい。もう濡れています！」

……ピチャピチャ。れろん、れろれろ。

「あああ。ああああああ。俊平さん。恥ずかしいです。恥ずかしい。あああああ」

楚々とした美人を品のない格好にさせるや、俊平は丸だしになった媚肉に矢も楯《たて》もたまらずむしゃぶりついた。

豪快な秘毛をさらした未亡人は、女唇に吸いつかれ、背すじをたわめて獣そのものの声をあげる。

「あああ。俊平さん。どうしよう。私ったら、へ、変な声……」

「いいんです。いっぱい感じて。いっぱい変になって。女将さん、愛しています」

……ピチャピチャ。ねろん、ねろねろ。ピチャ。

「はぁぁン、俊平さん。ああ、激しい。うあっ、あっあっ、ハアァァン……」

白い内腿に指を食いこませ、未亡人の抵抗を封じた。

闇の中でぬめ光るワレメに、俊平は舌を滑りこませ、わざと派手な音を立てて舐めまくる。

今夜の多江はあの夜以上に発情していた。早くも卑猥なぬめり肉は、いけない汁を分泌させ、とろっとろになっている。

「あああ。あああああ」

クンニをするたび、三十六歳の未亡人は熟れた裸身をのたうたせた。そんな熟女に、俊平は理性を麻痺させる。

「女将さん、すごい濡れかた。はぁはぁ……舐めても舐めてもどんどん汁が、マ×コの穴から出てきます……ああ、すごい！」

今夜もとことんスケベになってやろうと思った。

下品な自分を総動員し、大好きな女を責め立てるドSな獣になっていく。

「ああ、いやン、いやン。俊平さんのいじわる。そんなこと言わな――」

「おお、女将さん。すすってあげます。汁……汁、すすってあげますよ！」

「えっ。きゃあああ」

うわずった声で宣言するや、俊平はすぼめた口を多江の秘割れに突き刺した。

未亡人がとり乱した声をあげる。

派手に尻を跳ねあげるや、そんな熟女を力任せに押さえつけ——。

「女将さん。女将さん、女将さん、女将さん。んっんっ」

——ちゅるちゅるちゅるちゅる！

「うああ。ああ、なにをしているの。いや。いやいや。ああああ」

ヨーグルトシェイクでも吸引するかのよう。膣穴に口を押しつけて、思いきり汁を吸いこんだ。

……ドロッ。ドロドロッ。

（おおお……）

とろみを帯びた塊が、次々と口中に飛びこんでくる。反射的に口を動かせば、甘酸っぱい果実のような味覚がいっぱいに広がった。

「あアン、いや。そんなことしないで。そんなことされたらいやです。恥ずかしい」

胎内に滲みだす汁を無理やり吸引される刺激はいかばかりだろう。多江は羞恥に頬を染め、両目を潤ませていやいやをする。

しかし俊平は——。

「女将さんに恥ずかしいって言わせたくて、俺、いやらしいことをしています。男ってそういうばかな生き物なんです。んっんっ」

男という生き物全体のせいにしてしまってはいけないかも知れない。

だが俊平は、最愛の女性を辱めるこの上もない悦びに恍惚としながら、なおも口をすぼめて淫汁シェイクをする。

――ちゅるちゅる！　ちゅるちゅるちゅる！

「うあああ。ああ、そんなことしちゃだめです。だめだめだめ。ああああああ」

(ああ、すごい声)

俊平さんの女にしてくださいと、つい先ほど多江は言った。彼のものになってくれる覚悟はできているはずである。

そんな可愛い思いも、もしかしたら関係していたか。あの雪の夜と比べたら、肉体の感度はさらに鋭敏に思えた。はしなたい媚肉すすりに反応し、多江の喉からあふれる声は、狂乱の様相を色濃くする。

「どうしてだめなんですか、女将さん。んっんっ」

そんな未亡人を、俊平は嬉々として責めた。

口のまわりを唾液と愛液でベチョベチョにし、なおも激しい汁すすりで、いとしい人を追いこんでいく。

――ちゅるちゅるちゅる！

「うあああ。俊平さん。うあああああ」

「ねえ、どうしてだめなの。いっぱい出てきますよ。ぷはっ。んっんっ」

――ちゅるちゅる！　ちゅるちゅるちゅる！

「ああ、だって。だってだってこんなことされたらおかしくなってしまうの。私おかしくなってうあああああ」

「お、女将さん……んっんっんっ！」

……ピチャピチャ、れろれろれろ。

これは早くも達しそうだと俊平は確信した。愛液すすりにつづき、怒濤の勢いで濡れ肉とクリ豆を舐め立てる。

「あああ。あああああ」

そうした彼の責めに、熟女は耐えられなかった。

まるで失禁さながらに、多江の膣はビュピュッ、ビュピュピュッと、蜂蜜そのものの塊を、卑猥なリズムで胎路から押しだす。

「あっ、ぷっはあ」

果実の香りを放つ蜜に顔面をたたかれた。多江の反応の激しさに燃えあがるほどの痴情をおぼえる。俊平はさらに執拗に、熟女の股のつけ根にある歓喜のツボをれろれろと舌でとことんなぶる。

……ピチャ。れろれろれろ。ピチャピチャピチャ。

「あああああ。もうだめええ。俊平さん。見ないで。イッてしまう。恥ずかしい、恥ずかしい。いやあ、見ないで。ああああああ」

……ビクン、ビクン、ビクン。

「おおお、女将さん……」

——ピューッ！　ビュピュウウッ！

「ああ、すごい。女将さんが潮《しお》まで……」

「い、いや、いやン。見ないで、お願い。あっ、あああ……」

(最高だ)

全裸の熟女は、感度を全開にして俊平の前戯に翻弄《ほんろう》されていった。

強い電流でも流されたかのよう。背すじをたわめてはもとに戻し、派手に裸身を痙攣させる。

右へ左へと、ただただせつなげにその身をのたうたせた。

女だけが行けるというこの世の天国に、首筋を引きつらせて耽溺していく。

くの字に曲げられたもっちり腿がフルフルとふるえた。やわらかそうな腕に挟まれたGカップ乳がくびりだされ、二つの乳首を別の方角に向ける。

痙攣のたび、乳肌に淫靡なさざ波が立った。

湯上がりの肉体はしっとり感がはんぱではない。その上いつもは色白な肌が、なんとも艶めかしい薄桃色に紅潮している。

そんなエロチックな姿でのたうちながら、多江は派手に潮を噴いた。

緩やかに開いた太腿の間から、男の射精かと見まがうような勢いで、ピューピューと豪快に潮が飛びちる。

噴きだした潮がバラバラと、畳や布団をたたいた。

「ああ、いやらしい……」

「ハァアァン……」

そんな多江の裸身に、さらなる汗が噴きだした。思わず触りたくなるぷるぷるとした美肌が、あだっぽい湿りをじわじわと加え、闇の中で艶光りする。

「はぁはぁ……女将さん……」

これ以上の辛抱は、身体に毒だった。

甘いアロマを放って身をふるわせる完熟美女に、俊平は身も心も吸いよせられていく。

4

「はうぅぅ……俊平さん……」

まだなお痙攣をつづける女将を、やさしく仰向けにさせた。

汗のせいでさらにしっとりとした美熟女は、乱れた息をととのえながら、潤んだ瞳で見あげてくる。

そんな未亡人に覆いかぶさった。

小玉スイカ顔負けの豊満なおっぱいと胸板がくっつく。

体重を乗せ、さらに覆いかぶされば、たわわな乳房がふにゅりとひしゃげ、熱くなった乳首を俊平の胸に食いこませる。

「い、挿《い》れたいです、女将さん」

俊平は股間の猛りを手にとった。角度を変え、ふくらむ亀頭を多江の肉割れに、ヌチョリ、グチョリと擦りつける。

「んはあぁ、あっあっ、しゅ、俊平さん……」

「いいですか。挿れていいですか、女将さん」

「はうぅ……」

多江は闇の中でもそうと分かるほど、ますます顔を赤くした。答えに窮したかのように、身じろぎをして押しだまる。

「……？　女将さ――」

「お願いが」

「え。あっ……」

恥ずかしそうな声で俊平は乞われた。動きを止めて顔を見ようとすると、多江は汗ばむ白い腕で俊平を抱擁する。

「お、女将――」

「多江って」

「……えっ？」

あらん限りの勇気をふりしぼって求めてきたような声だった。聞きかえすと、多江は恥じらいを露わにして、ますます色っぽく身悶える。

「た、多江って。多江って呼んでほしいです」

「あ……」

「だめですか。そう呼んでほしいです」

（かわいい！）

あまりの愛らしさに、めまいがしそうだった。

全身に甘酸っぱさいっぱいのパワーがみなぎる。俊平は未亡人の秘割れに、ググッと亀頭を押しつけた。

「ハアァアン……」

「た、多江さん」

「──っ！　俊平さん」

「多江さん。ああ、多江さん、多江さん！」

「あっ……」

──ヌプッ！

「うああ」

（ああ、とうとう）

俊平はググッと腰を突きだす。亀頭が飛びこんだそこは、期待どおりのぬめりに満ちていた。

しかもただヌルヌルしているだけではない。飛びこんできた肉棒をキュッと締めつけ、その上、癒やされるようなぬくみに満ちている。

ようやくこのときが来たという喜びで、俊平は泣きそうになった。自分ごときがこれほど素敵な人のアソコに、怒張を挿入できる日が本当にやってきただなんて。

「多江さん」

「しゅ、俊平さん。俊平さ——」

——ヌプヌプヌプッ！

「うあああぁ」

俊平はさらに腰を進めた。

たっぷりの潤みに満ちた膣路は、意外なまでに狭苦しくもある。その上、奥へ行くほどさらに狭隘さが増し、窮屈さが最高に気持ちいい。

（それにしても、言葉ってやっぱり魔法だ）

奥へ奥へと男根を沈め、艶めかしい声をあげる多江の反応に酔いしれながら、俊平は思った。

女将さんから多江さんと呼び方を変えただけで、二人の関係は一気に変化した。遠慮という名の見えない鎧を互いに脱ぎすて、身体だけでなく、心までもが裸になっていく。

「あはあぁ、俊平さん……」

「くぅう、全部……挿れちゃった……」

「あああ……」

ついに俊平は根もとまで、あまさず膣にずっぽりと巨根を埋めた。股間と股間が密着し、多江の剛毛のチクチク感を股ぐらにおぼえる。

しっとりと汗ばむ熟れ裸身を、未亡人は俊平に吸いつかせた。

彼の後頭部と背に両手を回し、せつなく彼を見上げながら、いとおしそうに撫でさする。

胸もとでは、やわらかな乳房が平らにひしゃげた。

クッションのように俊平の動きを受けとめながら、熱い乳首をギリギリと彼の胸板に食いこませる。

「信じられない。な、なんか俺……泣きそうです……」

至近距離で見つめあっていると、鼻の奥がツンとした。多江は困ったように柳眉を八の字にし、珍しくクスッと微笑する。

「俊平さん」

「は、はい」

「かわいいです」

「えっ」

驚いて目を見開くと、多江は俊平に抱きついた。まるで顔を見られまいとでもするかのようだ。

「た、多江さ――」

「呼びすては無理ですか」

「はっ？」

力のかぎり俊平をかき抱き、彼の首すじに美貌を埋めながら多江が言う。羞恥に満ちたふるえ声は聞きとれないほど小さい。びっくりして聞きかえすと、多江は甘えたように俊平の首すじに小顔を擦りつけた。

「はうぅ……古い女かも知れません。で、でも……好きになった人には、呼びすてにされたいです」

「多江さ……あっ……」

「いばってください。殴られるのは悲しいですけど、いばってください。いばっていいんです。いばられたいんです」

「おおお……」

「あなたの女にしてください」

「お、おお、多江……多江っ！」

……バツン、バツン。

「うあああ。俊平さん、俊平さん。ああああああ」

なんて可愛いことを言ってくれるのかと、天にも昇る気持ちだった。あらためて汗ばむ女体をかき抱き、俊平はいよいよ腰をしゃくりはじめる。

……ぐぢゅる。ぬぢゅる。

やはり多江の蜜壺はとんでもないことになっていた。肉スリコギにかき回され、粘つく汁音をひびかせる。

「あああ、困る。あっあっあっ、すごい……すごい奥まで。ハアアァン」

(ああ、気持ちいい！)

とろけるような心地とは、まさにこのこと。挿れても出してもひらめくピンク色の電撃に、脳髄の芯を麻痺させていく。

狭隘な肉道は、ただ狭苦しいだけでなかった。微細な凸凹《でこぼこ》のひっかかる感じも、ただごとではない。

カリ首とヒダヒダが擦れあうたび、しぶくような快美感がまたたいた。

深々と奥までつらぬけば、とろける柔肉が待ち受けて、亀頭の全部をムギュリ、ムギュリとしぼりこむ。

「た、多江。気持ちいい。俺、気持ちいい」

呼びすてにすることで、自然に丁寧語ではなくなった。言葉の魔法は、さらに二人の関係を親密なものに変えていく。

「うああ、俊平さん、俊平さん、うあああ」

今自分が感じている溶けてしまいそうな悦びを、多江もまた感じてくれているらしい。恥じらってそむけようとする小顔を覗きこめば、未亡人は楚々とした美貌を真っ赤にし、小さな口をあんぐりと開けて――。

「ああ、どうしよう。俊平さん、すごく奥まで俊平さんが。俊平さんが。ああ」

思いもよらなかった快さを、どうしていいのか分からないとでも言うかのようだ。

右へ左へと顔をふり、黒髪を波打たせて生殖の快感に耽溺する。

――生殖。

たしかに俊平は、愛する女と生殖行為に溺れていた。多江と二人、いやらしい行為に耽り、天にも昇る気持ちになる。

「多江も気持ちいい？　ねえ、多江も感じてくれてる？　俺、死ぬほど気持ちいい」

俊平はさらに興奮し、ヌルヌルした膣ヒダに亀頭を擦りつけた。

――グチョグチョグチョ！　ネチョネチョグチョ！

「ああ、俊平さん、どうしよう、困る。ああ、久しぶりで……私ほんとにこういうこと久しぶりで……」

「ねえ、気持ちいい？　ああ、俺、たまらない！」

――ネチョネチョネチョ！　グチョネチョグチョ！

「あああ。あああああ。だめだめだめ。ああああああ」

「た、多江……？」

「ああ、困る。困る困る困る困る、うあああああ」

……ビクン、ビクン。

「おおお……」

あっけなく多江はオルガスムスに達した。

「ご、ごめんなさい……ハァアン……あっあっ……ごめんなさい……んはあぁ……いやだ、私ったら……一人で……あああ……」

俊平とひとつに繋がったまま、身体が制御不能になったかのように、多江は派手に裸身を痙攣させた。

へたをしたらふり落とされてしまいそうだ。俊平はあわてて未亡人にしがみつき、多江のビクビクとした痙攣をリアルに感じる。

「はうぅ……あっあっ……ごめんなさい、俊平さん……私、我慢できなくて……」

なおも痙攣をつづけながらも、恥ずかしそうに多江は言った。

やはりこの人は、濡れ場でもつつしみに満ちた真面目な人なのだと、俊平は感動を新たにした。

5

「平気だよ。俺のち×ぽ、気持ちよかったかい？」

俊平はいい気分で、年上の熟女に君臨する。

汗まみれの多江を抱きしめ、耳の穴に口を押しつけ、ささやいた。いささか気恥ずかしいものの、せっかくの宴に理性なんてじゃまである。

もっともっと、ばかになってやると俊平は誓った。

「ハアァン、俊平さん……」

「愛してる、多江。心から愛してる。ねえ、もっとエッチになっていい？」

「あああ、い、息……そんなに耳に吹きかけられたら──」

「オマ×コうずいちゃう？　んん？」

「えっ」

（さあ、また動いてやる）

……ぐぢゅる。

多江をかき抱き、その耳に口を押しつけて卑語をささやきながら、またしても俊平は腰を振りだした。

「あああ、俊平さん。いやン、いやン、そんな風にささやかれながら、ち×ちん動かしたら──」

「オマ×コうずいちゃう？　ほらほら、うずくでしょ。こうしてほしいでしょ。ねえ、多江、もっとエッチになってもいい？」

……ぐぢゅる。ぐぢゅぐぢゅ。

「うあああ」

俊平は腰をしゃくり、ぬめるヒダ肉を亀頭でグリグリとえぐりこんだ。

気持ちがいいのだろう。こらえようとしても、もうどうしようもないのだろう。多江はとり乱した声をあげ、さらに激しくもっちり女体をのたうたせる。

「エッチになってもいい、多江？」

「うああ。ああ、俊平さああん」

「なってもいいかい」

「な、なって。なってください。ああああ」

再三の問いかけに、とうとう多江は返事をした。

「私なんかで興奮できますか。私、俊平さんを幸せにさせられていますか」

「――っ。多江……」

「エッチになってください。もっとエッチになっていいです。お願い、感じて。私なんかでいいのなら好きなだけ興奮して。あああああ」

「さ、最高だよ、多江！」

……バツン、バツン、バツン。

「あああ、俊平さん。どうしよう。感じるところにち×ちんが……俊平さんのち×ちんが。ああああ」

全裸の熟女をかき抱き、腰をしゃくる。しゃくって、しゃくって、またしゃくる。

女体から噴きだした汗が甘い香りを放った。

身体が擦れるたび、ヌルッと滑るようになる。

「はぁン」

俊平は豊満な片房を鷲づかみにし、もにゅもにゅとねちっこくせりあげた。そうしながら乳首をスリスリとあやし、緩急をつけて乳輪に擦りたおしつつ――。

「多江、オマ×コ気持ちいいよ」

火照って湿る耳たぶに口を押しつけ、えげつない卑語をささやきかける。

「うああ。俊平さああん」

――ぶわり。

完熟の艶肌に大粒の鳥肌が立った。衝きあげられるような官能に耐えきれず、多江は一段と派手に裸身をのたうたせる。

そんな未亡人を、さらに責めた。片手で乳を揉み、せりあげてこねる。乳首の勃起をしつこくあやし、右へ左へとくにゅりと倒す。

そうしながら腰を振り、男根を膣ヒダの凹凸に擦りつけた。膣奥深くまでヌポリと埋め、餅のような子宮をくり返しえぐる。

「ああ。ああああああ」

そして――。

「多江、オマ×コ気持ちいい。これ、多江のマ×コだよね」

熱い吐息をオマケにして、未亡人の耳の穴に恥ずかしい言葉をそそぎこんだ。

俊平の責めに、多江はますます我を忘れ、秘められた褥《しとね》での姿をさらに少しずつ露出する。

「あああ、俊平さん。そんなこと言われたら感じちゃう。恥ずかしいのに感じちゃう。あああああ」

「多江のマ×コだよね。これだよ、これ」

催眠術でもかけるようにささやきながら、さらに肉傘で膣壁をえぐりこむ。

まばゆいひらめきが視界を明滅させ、うずく亀頭がせつなくうずいて、ドロドロとカウパーを漏出する。

「あああ、俊平さん。エッチになっちゃう。私もエッチに。ああああ」

俊平もとろけるような快さだったが、それは多江も同じはずだ。両目の潤みが一段と増せば、毛穴という毛穴からいっそう汗が噴きだした。

陰茎を食いしめた膣肉も、肌に負けじと随喜の涙を流す。

「いいんだよ、多江、いっしょにエッチになって。ほら、これ多江のマ×コでしょ」

(そらそら。そらそらそら！)

――ネチョネチョネチョ！　グチョグチョグチョ！

俊平は鼻息を荒くして腰をしゃくった。爆発寸前のカリ首で、グリグリ、ニチャニチャと粘る胎肉をえぐりこむ。

「あああ。気持ちいい。俊平さん、私、気持ちいい。ああああああ」

「多江のマ×コでしょ」

「あああ。あああああ」

「多江」

「ああ、わ、私のオマ×コ。私のオマ×コなの。ああ、気持ちいい。気持ちいい。俊平さん、私、変になりそう。あああああ」

ついに未亡人は崩壊した。彼女のキャラクターからは想像もできない言葉を、誰はばかることなく虚空に叫ぶ。

(もう死んでもいい)

俊平はそう思った。感無量の心地になる。

だが死んではならない。そうさ、死んでたまるかと思い直した。これからいくつもの夜、自分はこの人の卑猥な姿をこっそりと見せてもらうのだ。

「俊平さん、気持ちいい。私、オマ×コ気持ちいい。オマ×コ気持ちいい。あああ」

多江は朦朧《もうろう》としてきていた。

強い快感に理性を失い、生殖の悦びに溺れて、言ってはいけない言葉を叫ぶ。

「オマ×コってどこ」

俊平は調子に乗ってさらに聞いた。乳首をつまみ、もみもみといやらしくつぶしたりもとに戻したりする。

「うああ。俊平さんのち×ちんが入ってるとこ。ち×ちん挿れたり出したりしているところ」

（ああ、いやらしい！）

「気持ちいいんだね。もっとしてほしい。んん？」

――グチョグチョ！　グチョグチョグチョ！

「あああ、してほしい。俊平さん、もっとして。ああ、気持ちいいの。もっとしてええ。あああああ」

「どうすればいいの。ちゃんと言って」

「あああああ」

俊平は慄然とした。

記憶の中にあるどんなセックスよりも快感が強い。もっとしてと多江は言うけれど、さすがにもう限界だ。

「あああ、俊平さん。ち×ちん奥までいっぱい挿れて。奥がいいの。奥が気持ちいい。あああ、奥っ。奥、奥、奥、奥ンッ！」

「はぁはぁ。こう？　ねえ、こう？」

多江は声を上ずらせ、ポルチオ性感帯への責めを望んだ。

俊平は最後のやせ我慢をし、ググッと奥歯を噛みしめて、膣奥深くに亀頭をたたきこむ。淫肉でひびく汁音が、ますます音量と粘りを増す。

「あああ、気持ちいい。俊平さん、そこなの。そこそこ。うあああ。おおおおおっ」

「おお、多江。だめだ、もう我慢できない！」

――パンパンパン！　パンパンパンパンパン！

「おおおおっ。気持ちいい。奥、気持ちいいのおお。俊平さん、おかしくなる。こんなのおかしくなっちゃうンンン」

「はぁはぁ。多江。多江、多江、多江っ！」

俊平はまたしても多江を抱きすくめ、腰の動きにスパートをかけた。

「おおお。おおおおおおっ」

多江のよがり吠えは、ずしりと低い低音のひびきを増した。小料理屋で、いつもおっとりと柔和に微笑む女将の声とは思えない。

じわり、じわりと爆発衝動がどうしようもなくこみあげた。

絶頂に向けて我を忘れ、熟女は獣の声をあげる。そんな女将の膣穴に、俊平はいきり勃つ肉棒を怒濤の勢いで擦りつける。

甘酸っぱい快美感が絶え間なくまたたく。

ぬめる淫肉が蠕動し、俊平の怒張を甘く、強く締めつける。

──グチョグチョヌチョ！　ニチャグチョネチョ！

（も、もうだめだ！）

「おおお。俊平さん。抱きしめて、抱きしめて。私イッちゃいます。イッちゃう。イッちゃう。イッちゃうイッちゃうイッちゃう。おおおおおっ」

「多江、出る……」

「うおおおおっ。おっおおおおおおっ‼」

──どぴゅぴゅっ！　びゅるる！　どぴゅどぴゅどぴゅぴゅっ！

（あああ……）

たぎる欲望のリキッドを、とうとう俊平は爆発させた。多江に乞われ、力の限り抱きすくめながらだ。

怒張の芯をハイスピードでせりあがった子種が、脈打つ男根に押しだされ、多江の子宮にぶちまけられる。

(気持ちいい……)

心のおもむくまま陰茎を痙攣させ、俊平はうっとりとした。これほどまでに感無量な射精は、記憶にない。

三回、四回、五回……。

ドクン、ドクンという雄々しい音すら聞こえてきそうなほどの脈打ちかたで、ペニスは精の弾丸を撃ちつづけた。

「ああ……あああ……」

「た、多江……」

見れば多江はまたしても、ビクビクと裸身をふるわせた。

完全にイッてしまったことを物語るように双眸が白目になり、清楚な美貌は見たこともない凄艶なエロスを振りまいている。

まさか今夜、こんな顔まで見ることができるとは思わなかった。誰にも内緒のお宝ものの光景だ。俊平はありがたく網膜に焼きつける。

(あっ……)

二人の股間は、グッショリと濡れそぼっていた。

またしても多江が潮を噴いたようである。性器の隙間からしぶいた潮が、二人の股はおろか、布団までをも濡らしていた。

「はうう……俊平さん……恥ずかしい……嫌いに、ならないで……ああ……」

「……えっ」

見られることを恥じらうようにあちらへこちらへと小顔を向け、唇をわななかせて多江は言った。

精液を被弾した膣肉は、うれしいうれしいと喜悦するかのように、まだなおペニスを甘締めする。

「最初から……こんなに、感じてしまって……いやらしい女だって、思わないで、お願いです……あああ……」

「そんなこと思うもんか」

「ああ……」

女の幸せを堪能しながらも、羞恥にふるえる未亡人に胸を締めつけられた。

自分の選択は間違っていなかったと、またもうれしくなりながら汗みずくの裸を抱きしめる。

「ありがとう、多江。俺なんかを、受け入れてくれて」

万感の思いとともに、俊平は礼を言った。

「俊平さん。アアン……」

力をこめて抱きすくめれば、お返しのように熟女の膣は、ひときわ峻烈に蠢動した。

そんな女陰にあおられて、たまらずペニスから精液の残滓《ざんし》がどぴゅっと噴く。

俊平は、汗ばむ美女の頬にスリスリとおのが横顔を擦りつけた。

「俺、一所懸命働く。多江と幸せになるんだ。ああ、この人でよかったって思ってもらえるように」

「俊平さん……」

「愛してる。愛してる」

「あああ……」

ちょっと痛いかなと思ったが、こみあげる思いを抑えきれなかった。

アクメの余韻でぐったりとする熟女を、俊平はいつまでも抱きしめた。

そんな彼の汗ばむ背中を、多江はいつまでも子守唄のリズムでそっとたたいた。

終章

「多江さん、お久しぶり」

　暖簾をくぐって店に入った佐代子は、カウンターの向こうに立つ美人女将を見て破顔した。

　もともときれいな人だったが、圧倒的な色香と美しさを感じる。恋をするということは、これほどまでに女という生き物を変えるものなのか。

　このところ、離婚だ引っ越しだといろいろとあり、なかなか顔を出せなかった。久しぶりに、佐代子はここへ来た。

「いらっしゃいませ。佐代子さん、おビール？」

「そうね。最初はやっぱり生で」

「はい。生ビールご注文いただきました」

「ありがとうございます！」

あうんの呼吸で多江に応じたのは、俊平である。

作務衣《さむえ》タイプの白い調理服に身を包んだ多江のパートナーは、快活な様子でビールサーバーから旨そうなビールを抽出する。

「佐代子さん、お待たせしました」

カウンターの席に座ると、そんな彼女の前に俊平がジョッキを置いた。これまた絶妙の呼吸だろう。一拍置いて多江が佐代子の前にお通しを出す。

（お似合いじゃないの）

佐代子はチラッと俊平を見た。幸せそうに、俊平が相好《そうごう》をくずす。

佐代子にしか分からないアイコンタクトかも知れなかった。俊平は「いろいろとありがとう、佐代子さん」と言っている気がした。

（フン。自分ばっかり幸せになっちゃって）

佐代子は苦笑して椅子の位置を直した。

戸外の蒸し暑さからようやく解放された。ほどよく冷房が効いた店内は、時間が早いせいでまだ閑散としている。

そろそろ九月の声が聞こえてきたというのに、相変わらず残暑が厳しい。

「きゃー。お久しぶり」

隣に座るその人に、佐代子は明るく声をかけた。すると――。

「ほんとに久しぶり。元気だったあ、佐代子さん？」

美佳はにこやかかつ愛くるしい笑顔で、佐代子との再会を喜んだ。

（まあ、一件落着って感じかしらね）

すでに美佳はビールを飲んでいた。そんな彼女と他愛ない会話をしながら、心中で佐代子はつぶやいた。

ことここにいたる経緯は、すべて美佳からも、俊平からも聞いている。

多江とは直接話していなかったが、自分で選んだこの道に、美貌の女将が幸福を感じているらしいことは、穏やかそうな笑顔を見れば分かった。

俊平は東京の会社を辞め、この地に越してきた。

籍こそまだ入れていないようだが、すでに多江と二人、新しいアパートに越していっしょに暮らしているという。

俊平は多江から、手取り足取りといった感じで水商売の基本をたたきこまれた。

多江の愛のたまものか、それとももともとスジがよかったのか。

教える多江が驚くほど、俊平は短期間で成長し、曲がりなりにも戦力として女将の力になれるようになった。

（でも、美佳さんもがんばったわね）

可憐な小顔をほんのりと紅潮させ、佐代子はもちろん、多江や俊平ともにぎやかに笑う美佳を、佐代子は心中で誉めた。

まだ歳は若いけれど、芯はけっこうしっかりしている。

この人なら、じきにいい相手が絶対に現れると、佐代子は確信していた。

（問題は私よね）

みんなと陽気な笑い声をあげながら、佐代子は自虐的にため息をつく。

（でも、ようやく離婚もできたことだし。私だってこれからよ。ムフフ。それに、ストレスが溜まったらまた俊平さんをつまみ食いして……って、うそうそうそ）

「いらっしゃいませ！」

「まあ……お久しぶりです。いらっしゃいませ」

新しい客を、俊平と多江が笑顔で迎えいれた。そんな二人に――。

（ほんとに幸せそう）

佐代子はつい、ため息をついて見とれそうになった。

「……ん？　どうしたの、佐代子さん」

すると、美佳が不審そうに聞いてくる。

「えっ。あ、ううん、なんでも。さあ、美佳さん、今夜は飲むわよ。私にとっては久しぶりの飲み会なんだから。ねえ、俊平さん、今夜の冷酒のお勧めは？」

佐代子は満面の笑みとともに俊平に話を振った。

「冷酒ですか。ちょうどよかった。今日は貴重な酒が入っていますよ。新潟の酒蔵さんなんですけどね……」

佐代子のオーダーに、俊平が嬉々として説明をはじめる。多江は新しい客をカウンターに座らせ、なごやかに彼らと雑談をしながら、そんな俊平に微笑した。

（くー。今夜はお酒がメチャメチャ染みそう…）

佐代子は二人がうらやましくなりながら、何食わぬ顔をして酒談義に興じた。

多江さんも俊平さんも、どうぞお幸せにね——。

幸せそうなカップルに、こっそりとエールを送る。

まだはじまったばかりの残暑の夜を、佐代子はさらにわいわいと、いつものように楽しみはじめた。

（了）

※本作品はフィクションです。作品内に登場する団体、
人物、地域等は実在のものとは関係ありません。

ゆうわく未亡人《みぼうじん》横町《よこちょう》

〈書き下ろし長編官能小説〉

2022年2月28日　初版第一刷発行

著者……………………………………………… 庵乃音人

ブックデザイン…………………橋元浩明(sowhat.Inc.)

発行人…………………………………………後藤明信

発行所………………………………………株式会社竹書房

〒102-0075　東京都千代田区三番町８－１

三番町東急ビル６Ｆ

email：info@takeshobo.co.jp

http://www.takeshobo.co.jp

印刷所……………………………… 中央精版印刷株式会社

竹書房ラブロマン文庫　近刊目録

※価格はすべて税込です。

好評既刊

長編官能小説
誘惑の種付け団地
葉原　鉄　著
青年はふとしたことから団地内の人妻たちの肉欲解消と種付けを求められるように…。俊英の熟女ハーレムロマン。
770円

長編官能小説
ふたたびの熟れ肉
鷹澤フブキ　著
不本意な終わりを迎えた元彼女たちと再会した時、欲情の火は燃え上がる…鬼才の描く快楽のリテイクロマン！
770円

長編官能小説
絶対やれる健康診断
杜山のずく　著
夫婦の倦怠期に悩む男は、美人女医の勧めで性欲を取り戻す特別な健康診断を受ける…！　白衣ハーレムロマン！
770円

長編官能小説
湯けむり商店街
美野　晶　著
さびれた商店街に住む青年の土地で温泉が湧き、彼の周辺には淫らな女たちが集うように…。温もり誘惑ロマン！
770円